LE PRISONNIER DE CINTRA

Né en 1888 à Paris, Paul Morand grandit dans un milieu cultivé. Oxford et l'Ecole des Sciences politiques complètent sa formation. Il commence en 1913 sa carrière diplomatique, prend vers 1926 un congé qu'il passe à voyager et rentre en 1932 dans les cadres où il reste jusqu'en 1944. Il est ambassadeur à Berne quand la victoire alliée l'oblige à s'effacer.
*Après des poèmes publiés en 1919 (*Lampes à arc, Feuilles de température*), réédités en 1973, il conquiert une réputation internationale avec* Ouvert la nuit *et* Fermé la nuit *(1922, 1923). Le succès de* New York *(1930) l'entraîne à tracer le portrait de* Londres, *puis de* Bucarest *comme il a dépeint* L'Air indien *et* La Route des Indes.
Entre autres titres, citons une Vie de Guy de Maupassant, L'Europe galante, Magie noire, L'Homme pressé, *une biographie de* Fouquet.
Elu à l'Académie française en octobre 1968, Paul Morand est mort en juillet 1976.

Manuel ira-t-il au collège en Angleterre comme tous les Abreu de Fontarcada ? Pendant que sa grand-mère et son père en discutent, le garçon ronge son frein. Il rêve d'une autre tradition, celle de ses ancêtres bâtisseurs d'empires. Il n'y a plus à conquérir que les étoiles aujourd'hui et c'est pour les atteindre, pour échapper à la mort lente de sa race que s'enfuit *le prisonnier de Cintra,* héros de la nouvelle qui donne son titre au présent recueil.
Agir, Mlle de Briséchalas s'y résigne par pur réflexe de survie : elle ne pense qu'à lire, mais s'occuper de son agence matrimoniale *A la Fleur d'oranger* ne l'empêche pas d'être toute à sa passion et les personnages des livres n'auront aucun mal à se glisser dans ses songes.
Se mouvoir à l'aise dans l'imaginaire est le privilège des vieilles demoiselles un peu égarées mais aussi des gens de plume et Paul Morand ne se prive pas de donner à l'histoire du *Chat botté* une fin en forme de satire contre l'Ogre moderne qu'est le fisc dans *Un chat nommé Gaston.*
De même traite-t-il avec ironie dans *Le coucou et le roitelet* le conflit du snobisme et de la jalousie. Mais il sait aussi s'attarder sur ce qu'il y a de plus noble dans l'*Histoire de Caïd, cheval marocain.*

DU MÊME AUTEUR

Dans Le Livre de Poche :

L'EUROPE GALANTE.

PAUL MORAND

Le prisonnier de Cintra

FAYARD

POURQUOI *ai-je tant aimé la nouvelle ? C'est une question à laquelle j'ai réponse après quarante années de pratique ; mais réponse individuelle ; je demande qu'on n'en tire aucune règle ; de simples réflexions.*

Je vis, d'abord, dans la nouvelle, une réaction contre les méandres du roman-fleuve et même du roman tout court, inquiétantes formes de la surproduction moderne. Faire rare, bref et serré me semblait, dès 1920, le goût même, la pudeur du cri retenu étant seule dramatique.

La vitesse à laquelle vont les idées, les doctrines, les engagements, permet à la nouvelle de cerner le contenu du moment, sans s'attarder à justifier des personnages. (« Camper » un personnage ; l'homme d'aujourd'hui n'est plus qu'un être campé, une personne déplacée ; dans le roman, il s'installe, il n'est plus locataire, il devient propriétaire ; la nouvelle est un meuble, le roman un immeuble.)

*Ne pas oublier ce qu'était le roman au temps d'*Ouvert la nuit *; plein de mirages et de terrains vagues, noble, si symboliste ; documentaire, si réaliste. En tout cas, un organisme envahi par la cellulite, auquel j'allais préférer le corps maigre et sec du récit court.*

Ce qui n'empêcha pas d'y introduire de récentes techniques, une orchestration exprimant la palpitation d'une vie vertigineuse, fiévreuse et fragile, celle des remous de l'époque. La nouvelle, c'est une nuit dans un motel *américain ; vous recevez des mains du portier les clés du bungalow et du garage ; ensuite,* self-service. *Le lecteur est payé argent comptant ;* cash and carry ; *on lui emballe l'espace et le temps dans un seul paquet.*

Un roman, même médiocre, peut contenir de « bonnes pages » ; une nouvelle, non. Elle est ou elle n'est pas. Comme dans l'art de la fresque, une faute ne s'y rattrape pas. On appartient au roman, mais une nouvelle, brève échappée sur la vie, vous appartient, comme vous appartient l'instant, le présent.

La nouvelle est un saut périlleux ; elle ne pardonne pas. C'est plus qu'un tour de main, ce serait plutôt un tour de force.

LE PRISONNIER DE CINTRA

Un fils et sa mère, dans un antique palais portugais embarrassé de bibelots, de collections d'art sauvage et d'objets de nacre, d'ivoire, d'or moulu, meublant son vide moral au fond d'un quartier infréquenté de Cintra, aux environs de Lisbonne.

Délaissés des vivants et comblés par les défunts, les restes de cette illustre famille située en dehors des courants du monde ont, en attendant le dîner, délibéré sur l'envoi de leur dernier descendant à Eton. Le père, élevé dans cette anglophilie lusitanienne qui remonte au temps où la dynastie d'Aviz s'alliait à la maison de Lancastre, y est favorable ; la grand-mère est contre, redoutant toute influence qui lui aliénerait les siens et lui ôterait la prise qu'elle a sur eux. La conversation risquant de tourner à l'aigre, dona Sidonia soupire, décidée à parler d'autre chose.

Le matin encore, le ciel bavait des nuages gris et confondus, mais la marée l'avait nettoyé ; à la fin du jour la partie était gagnée, l'orage de la veille n'offrant plus qu'un mauvais souvenir.

« *Que lindo ceu...* »

L'azur dégraissé dominait la vallée, l'océan, la serra.

« Contemple ce ciel, mon fils, qui chante la gloire de Dieu !

— Ah ! vraiment ? »

Eduardo lança à sa mère un regard si ironiquement froid, qu'avec un frisson elle se serra dans son châle de laine noire, un de ces châles de pauvresses qui plaisent tant aux vieilles dames riches.

« Ne sens-tu pas la paix du soir descendre en toi ?

— La paix ?... Ma mère, n'avez-vous jamais entendu pérorer ce ciel ineffable, cette chasse gardée du Bon Dieu, cette voix du paradis ? Prêtez l'oreille, je vous prie : le crépuscule va vous parler.. »

Eduardo, nonchalemment, tira vers la

table son fauteuil de damas cramoisi aux capitons écrasés par un siècle de paresse, éclaira les lampes de l'*Hallicrafter*, long poste radiophonique à la triste couleur de sous-marin, avec lequel, dès qu'il était seul, il se distrayait, en amateur désœuvré et maniaque, à capter des ondes courtes égarées, des messages en mer, ou des postes clandestins en morse. Il tourna des boutons d'ébonite qui ouvrirent des fenêtres dans le noir univers des sons.

« Qu'est-ce que c'est que ces craquements ? fit la vieille dame étonnée.

— Ce sont les frontières qui craquent : ma mère, notre vieux monde se découd.

« *La malédiction de Dieu soit sur vous !* » clama une voix sinistre.

— Ça, c'est Chypre, expliqua Eduardo ; les Grecs libres qui règlent leur réseau... Je reconnais l'indicatif... Mais non, ce n'est pas de Chypre qu'ils parlent, c'est de Nice. »

Un dixième de tour au bouton : aphonie soudaine des révoltés cypriotes.

« *Aussi longtemps que nos fellahs gémiront sous la botte de Ben Gourion...* » répète Eduardo ravi, en imitant le speaker résistant. Ma mère, voici la voix de l'Egypte... Il n'y a plus d'obstacles à la haine de l'éther... Allons bon, Israël brouille... En vain, car son émetteur est pris à la gorge. Tenez ! un mystérieux agresseur en profite pour sauter sur la longueur d'onde libérée ! Quelle échauffourée !

« *Ici Le Caire, ici Le Cai... Hussein Mafiz est un enfoiré !* » Submergé par ces outrages célestes, le vrai Caire s'était tu, au profit du faux. De quel désert sortait soudain l'immonde documentation anti-Nasser ?

« *Anwar Hakim Amer est un escroc, cela, vingt millions d'habitants le savent... Kamal el Dim corrompt tous les petits chameliers du marché.* »

Conduites à distance, les passions politiques déferlaient sur les complexes de race, s'épanouissaient en vengeances hurlées, en d'irréconciliables rancunes personnelles d'exilés. De Damas, une *Pensée réformiste* suppliait qu'on se méfiât des Russes ; cette voix rauque et martelée étant, à son tour, brusquement emportée hors du micro avec le cri, soudain étouffé ainsi qu'une main sur la bouche, comme d'un torturé au supplice. A trois cent mille kilomètres-seconde, les rayons de la mort (de la mort à l'Europe, surtout), décuplaient à distance les passions jaunes ou noires.

« *A tous ! A vous, frères... Aussi longtemps que...* »

Des heurts, des détonations éclataient, faisant penser à des coups de feu de généraux factieux, dans un studio emporté d'assaut par un coup de main.

« *Les nécessités de l'heure... les besoins de la Défense nationale.* »

Partout on s'arrachait les émetteurs, on prescrivait, on punissait, on condamnait à mort ; les fuseaux des Parques étaient des fuseaux horaires ; les postes ne cessaient d'anathématiser que pour appâter un instant les millions d'oreilles avec du jazz ou de nobles mélopées en arabe. Mais à peine la flûte ou le saxophone les avaient-elles un peu charmées que le piège d'harmonie se levait brutalement sur des buts de guerre impitoyables, énoncés par une voix ennemie, d'ailleurs empruntée, pour mieux tromper, à un idiome ami.

« Aden... voici Aden qui répond en russe... fit don Eduardo. Voici Karachi qui nie en polonais, voici le Yemen qui interrompt brusquement son *Annie Laurie* pour apprendre aux Ecossais que vingt hommes des Gordon Highlanders ont été étripés, ce soir, sur les frontières... J'entends l'Albanie libre ! Ecoutez, mère, comme elle fulmine contre l'Allemagne orientale :

« *Chiens d'hommes, vendeurs de fumée, locataires du château-branlant soviétique...* »

— C'est abominable ! Ta radio est l'invention du diable ! Tourne le bouton, Eduardo, ferme... Ton ciel est devenu infréquentable, fit dignement dona Sidonia, en caressant le carlin à ses genoux.

— Ce n'est pas mon ciel, c'est le ciel. Qui vous dit que par-dessus ce tohubohu de défis, de menaces, les étoiles ne se crêpent pas aussi le chignon, les comètes ne se tirent pas la queue, les anges ne se plument pas, les planètes ne se roulent pas ensemble dans l'ordure, les années-lumière ne brouillent pas aussi leurs émissions ?

— Tu blasphèmes !

— Ce n'est pas moi qui blasphème, c'est le firmament.

— Ces millions de petites lueurs brillent d'amour, mon fils, sous le sceptre de Dieu ; et les hommes sont trop petits pour salir mes étoiles éternelles.

— Il est huit heures. Voulez-vous entendre maintenant la Chine nationaliste invectiver contre la République de Saint-Marin ?

— On dirait des solfatares intercontinentales crachant leurs fusées sulfureuses ; c'est grandiose ! »

Dona Sidonia regarda peureusement le ciel, comme pour s'assurer que tout ne s'en allait pas à la dérive de ce qui l'avait, soixante-quinze ans, protégée, elle et sa patrie, elle et son palais de Cintra habité depuis des siècles par les Abreu de Fontarcada. Elle jeta les yeux sur le salon à l'anglaise, avec sa cheminée à bucrâne Adams, ses perses glacées, ses argenteries se mirant dans l'acajou brésilien ; la bibliothèque de son défunt mari, de son grand-père, alignait derrière des vitres en ogive des reliures romantiques ; ce vieux salon portugais respirait une éternité britannique, mélangée à l'arôme africain du café.

« Je sais que la Providence nous protège ; que le ciel, au-dessus de nos têtes, quoi que tu en penses, fut toujours de notre parti, affirma la vieille en tremblant et en faisant trembler ses pendeloques de jais ; cela, à condition de rester cois, comme nos aïeux ont eu la sagesse de le faire, à condition de ne pas bouger ; à condition de ne pas envoyer Manuel étudier à l'étranger ; il a un précepteur excellent, ce qui lui permettra d'ignorer les péchés des hommes jusqu'à sa majorité.

— Et d'ignorer le malheur et la mort ?

— Dans les programmes d'une bonne éducation, le malheur et la mort ne figurent pas.

— Je crois que ce sont des choses qu'il vaut mieux ne pas découvrir par soi-même.

— Le plus tard sera le mieux, mon fils.

— Vous parlez comme les parents du Bouddha. »

La vieille dame aux cheveux blancs se leva, posa son sac en broderie de Madère sur le pouf capitonné, mit la main sur les cheveux gris de son fils. Cette main squelettique et fine n'aurait pas dû peser plus qu'une coquille d'œuf ; pour Eduardo, c'était une main de pierre.

« Ce que je demande maintenant à Dieu, c'est de me laisser faire, ici, au milieu de vous, une heureuse fin, dit dona Sidonia.

— Attendez, mère... encore un moment, s'il vous plaît.

— Je n'attends plus que le Jugement dernier ; et encore, sans crainte. A table... Crisóstomo annonce que c'est servi. »

Ils passèrent à la salle à manger. La tête de Crisóstomo, d'un jaune citron, apparaissait derrière le haut dossier de la cathèdre qu'il poussa avec peine jusqu'à la table, lorsque dona Sidonia se fut assise, si massif le bois de jacaranda dont le fauteuil était fait.

Subjugué par cette femme familière et toujours étrangère, silencieuse, pleine d'orgueil, don Eduardo se tut et regarda en soupirant le plafond. C'était un curieux plafond à caissons dorés ; dans les lignes tourmentées de ce cloisonné à cent carats s'encastraient des assiettes de vieux Japon et des plats de la Compagnie des Indes, soutenus au-dessus des commensaux par une résille en fil de fer. La dernière fois qu'un roi de Portugal honora leur palais de sa présence, les Abreu de Fontarcada, fidèles à une antique coutume, avaient scellé au plafond la vaisselle où leur souverain mangea, afin qu'aucune bouche ne vînt, après lui, la souiller.

« Don Manuel s'excuse ; il a mal à la tête et ne descendra pas... » fit le maître d'hôtel.

Dona Sidonia et Eduardo dînèrent sans bruit, ayant au fond des narines le moisi végétal de Cintra. Ils ne touchaient guère à tous les plats qu'on leur servait ; ils n'avaient jamais faim, mais n'osaient réduire leur ordinaire, car c'est au nombre de services que se mesure la condition sociale, et les gens de la cuisine ne plaisantaient pas sur cette tradition. Au milieu de la nappe en gros point de Venise, un des plus grands camélias, emprunté à l'allée des camélias roses du jardin, resplendissait dans cette nuit sans fin, jusque sous le lustre à girandoles où les chandelles de 1637 avaient été remplacées, en 1904, par des ampoules électriques sans abat-jour ni bobèches.

Don Eduardo, dans son smoking d'intérieur en velours lie-de-vin, avait l'air infiniment pauvre, au milieu de tous ces vases du Japon, de ces soieries des Indes, de ces cabinets d'ivoire. Une soumission sans consentement profond à sa mère, aux ancêtres les plus reculés, lui avait, à cinquante-six ans, châtré l'âme ; il vivait enfermé dans une réserve distinguée et résignée, sans même ces tâches quotidiennes qui font aux gens des villes oublier les grands desseins ou l'attrait du néant. Il fût resté fidèle à soi, s'il avait eu un soi ; il demeurait inentamé, non parce qu'il était endurci, mais parce que dona Sidonia avait pris soin d'éloigner de lui tous les tranchants de tous les couteaux. Dans une captivité volontaire et définitive, sans accord fondamental avec son temps, avec la vigueur naturelle de son pays, avec les générations qui suivaient la sienne, sans correspondance d'âme avec l'éclatante résurrection du Portugal moderne, resserré dans cette forêt enchantée de Cintra comme dans une prison idéale, il continuait l'existence végétative que les Abreu de Fontarcada avaient toujours menée, du moins depuis l'époque où Jean II leur avait donné, en reconnaissance de leurs hauts faits au service de Dieu et de la Couronne, le précieux monopole de la navigation avec Timor.

Quel contraste entre ceci et cela, entre les

victoires de jadis et les trophées si poussiéreux du palais, entre les créations palpitantes du présent et ce musée !

Cet arrêt de toute vie durait depuis trois siècles, dans l'ensevelissement sous les fougères géantes, au fond de ce couloir de Cintra, étroit et sombre comme la mauvaise conscience d'une nature trop riche.

⁂

Intelligent, mais faible, Eduardo ressentait parfois avec lucidité son isolement, la séquestration d'une existence qui avait commencé à décroître vers la quarantaine. Avant cela, il avait porté la toge de Coimbra, l'habit rouge du *Bullingdon Club*, à Oxford, la lavallière positiviste au Quartier latin ; il avait aussi fréquenté les salons romains, à l'époque où les visiteurs posaient leur chapeau haut de forme sous la chaise, il avait collectionné les invitations à danser berlinoises dans le cadre de sa psyché, il avait porté des gants jaunes à baguettes noires aux five-o'clock de Périvier, au *Figaro* de la rue Drouot, échangé des coups de canne au San Carlos, foulé les tapis rouges officiels comme page du roi Manoël, collectionné le wedgwood, banderillé des taureaux sur un cheval à col de cygne et coupé des flammes de bougie au pistolet. A trente-cinq ans, ce fut fini. De ce brillant passé il n'avait gardé que la conviction bien ancrée que l'éducation d'un jeune Portugais doit se faire dans un collège anglais. Eduardo était devenu un portrait de famille, comme les autres, promis à l'encadrement, chapeau blanc, barbe noire, pantalon de nankin, dans le Portugal immobile et vermoulu des dernières années de la Royauté... Depuis lors, il avait survécu sans vivre, occupé à regarder monter les ronds de fumée de ses très noirs havanes vers un plafond tendu de reps lors des derniers aménagements, en 1867, par le tapissier de ce sombre palais. (Sa mère avait gardé des factures ; elle ne détruisait jamais rien... que les êtres qui vivaient près d'elle). Avec cette ladrerie d'âme des gens très riches, c'est-à-dire très peureux, très repliés sur eux-mêmes, qui finit par avoir raison de tout, même de leur visage, Eduardo allait, à la fin de chaque journée inutile, enfouir son corps adipeux par mauvais fonctionnement du foie, étouffant comme une cheminée qui tire mal, dans les draps de dentelles d'un immense lit à baldaquin, qui, lorsqu'il en était absent, ressemblait à un carrosse, et, lorsqu'il y était couché, à un grabat.

Avec Manuel, son fils, âgé de quatorze ans, ses rapports, tantôt relâchés et tantôt raidis, n'avaient jamais été naturels. L'enfant était à la fois fermé de caractère, comme sa grand-mère, et rêveur comme son père. Tout cela se mélangeait, se chevauchait, se contredisait. Lorsque don Eduardo décidait d'être l'ami de son fils, les résultats n'étaient pas moins affligeants que lorsqu'il entendait le régir sévèrement. Dona Sidonia avec son œil noir dans ses joues roses (elle se fardait très fort et très haut, comme les Anglaises du XVIIIe) restait envers son petit-fils ce qu'elle était pour tout le monde, changeante, capricieuse, soupçonneuse, autoritaire et un peu toquée, ce qui n'excluait pas une fourberie très couverte, habile et surveillée. Sa grande froideur d'approche faisait dire à Crisóstomo, le maître d'hôtel : « Quand Madame dit bonjour, c'est comme si elle disait au revoir. » Tout ce qu'elle demandait à l'enfant, c'était d'obéir. Son « réponds-quand-on-te-parle » et son « ne-bouge-pas », aurait exaspéré de plus patients.

« Ne bouge pas ! » Héritier de vingt-cinq générations d'assis, de couchés, de gisants en vie, Manuel avait justement envie de bouger. Cet arrêt total de la vie dans une arrière-chambre du palais de Cintra, cet engourdissement au fond d'une famille dont le destin était de n'en plus avoir, attirait l'adolescent vers une vocation contraire. Il voulait sortir de cette forêt où les troncs d'arbres s'élevaient si droits, si serrés, à la recherche de la lumière, qu'ils ressemblaient aux lances de fer d'une grille. En descendant vers Colares, l'extrémité de la serra, où se trouvait le palais des Abreu, était si ombreuse qu'on eût dit un cachot.

Etrange vie, en 1958, que ce coin si noir au milieu du Portugal tout blanc ! Etrange existence, en ce palais si désuet, dans une nation rajeunissante ! Au cours de ses promenades avec M. Rochat, son précepteur suisse — le dernier des La Harpe rousseauistes qui enseignèrent au monde l'herborisation et la démocratie — Manuel longeait la route sinueuse qui, à flanc de montagne, côtoie ces nobles domaines des estivants lusitaniens ; des portes cochères à colonnes manuélines ceinturées de cordages torses, des grilles baroques, vraies débauches de fer forgé, ouvraient sur le vide de la vallée ; l'enfant y voyait le symbole de son existence recluse, sans principe vital, engourdie de silence, enfermant des sentiments flétris, des élans qui pourrissaient sur place, comme ces massifs d'hortensias jamais coupés. C'est avec un désespoir muet qu'il rentrait pour le thé dans son domaine situé à l'extrémité de tout, au fond d'un pays lui-même placé au bord de l'Europe, ou de ce qu'il en reste.

Cette définitive captivité, Manuel ne s'en libérait qu'en se plongeant dans la bibliothèque familiale. Les navigateurs et les amiraux de sa lignée lui racontaient leur geste à travers les atlas et les cartes du chartrier. *Mappa mundi* sur parchemin, atlas catalan de Cresques-le-Juif datant du XIVe, Ortelius et Mercators, premières relations de voyage du XVIe, portulans génois, byzantins, pisans, majorquins, si rares à des époques où les marins arabes et européens jetaient, en cas de prise, leurs cartes à la mer, pour brouiller les pistes. (Il y avait même, dans les tiroirs, une vieille carte du Paradis.) Manuel avait appris l'astronomie dans Hipparque, la géographie dans Ptolémée, les Croisades dans les récits maures, et les routes du commerce dans les livres de bord des pilotes ou dans les auteurs chinois, traduits par les jésuites. Tout, dans ce petit palais, arche échouée sur l'Ararat, évoquait l'immensité du monde, tout lui parlait de départ ; les astrolabes sous vitrines, les sphères armillaires au-dessus des bibliothèques, les gravures pendues au mur représentant des caraques à deux ponts, des caravelles aux voiles latines gonflées comme des joues, avec la ligne si relevée de leur château de proue et de poupe, et que leur chantournement fait semblables à la vague. Pour mieux les voir, il approchait une lampe à globe recouverte de dentelles d'or qu'on avait adaptée à l'électricité. Les mots de Congo et d'Equateur chantaient comme le fond d'un coquillage, accompagnaient le bruit de mer et du vent sifflant dans les cèdres horizontaux ou venant se couper sur les bras tendus des araucarias.

Don Eduardo, pour s'excuser vis-à-vis de soi-même de sa nonchalance et de son inutilité, rappelait cette pensée de Bismarck, « que la hauteur d'un être est juste celle de la vague qui déferle sous lui ». Le père de Manuel voyait là une affaire de chance ; il y a, pensait-il, des peuples qui n'ont pas d'histoire et des générations qu'aucune vague ne vient porter au-dessus d'elles-mêmes.

Chez l'adolescent une voix plus profonde que sa propre voix lui disait que l'univers ne finit pas à Lisbonne, au Chiado et à la rue Garrett. Qu'il y eût encore de la place pour l'aventure, cette unique pensée, répétée par lui jusqu'à l'obsession, lui permettait de supporter la stupidité de sa grand-mère et la mollesse de son père. Le fabuleux Portugal d'Henri le Navigateur, coincé entre une Afrique inaccessible et un Atlantique infranchissable, n'avait-il pas trouvé à Sagres la clef de l'évasion ? Les mers sans phares dont les feux de bois s'éteignaient trop vite, la navigation sans étoiles au milieu des récifs non repérés, la concurrence des Dieppois, des Vikings, des Maures, des Vénitiens et des Pisans, les révoltes d'équipages, le scorbut, avaient-ils empêché les vaisseaux du Roi de sortir du Tage, de capter la mousson dans leurs vergues et de faire l'empire, un empire qui résistait encore, magnifiquement, alors que tous les autres s'effondrent ?

***

Avec sa figure butée, son front bas à la Jean Marais, ses maxillaires découpées à la hache (surgissant on ne sait d'où, dans une famille sans menton), ses joues traversées sans cesse, ainsi que le nez, de tics-éclair et de grimaces envoyées à la surface par d'étranges décharges du système nerveux, Manuel, tout petit, mais souple et sec comme une panthère, composait une personne bien différente des garçons de son âge et de la Maison Fontarcada. Ses lèvres jointives laissaient à des yeux brillants le soin de parler ; l'éloquence du regard opérait plus de prestiges que la parole, dans un milieu où tout se passait à la surface. On le sentait d'une autre nature, d'une essence intacte, ayant enjambé des siècles de plaisir, de paresse, de facilité, d'une race qui, à travers les bizarreries de l'hérédité, par lui répondait, comme un écho lointain, à des ancêtres morts pour la gloire et la victoire.

L'adolescent sentait obscurément que son destin serait singulier, mais il n'arrivait pas à le reconnaître et à l'empoigner. Au milieu de l'indifférence de cette petite ville sommeillant d'aristocratie et de désuétude, de cette sieste contemplative d'une localité touristique visitée seulement par de gros cars bêtes et ronds transportant des étrangers, bêtes et ronds eux aussi, grosses machines qui arrivaient à peine à passer dans des ruelles étroites, au sein d'un néant où des hommes, appauvris par la richesse avaient tout cédé à la luxuriance végétale, Manuel se cabrait, refusait, laissait monter en lui la révolte. Il ne voulait pas être une huître parquée, comme les autres. Un besoin fou d'acquérir, d'annexer, de saisir, lui faisait battre les tempes et trempait ses paumes au fond de ses poings que la rage refermait. « Il me sera dur d'avoir à me séparer, un jour, de ce qui a vécu avec moi », disait souvent dona Sidonia. « Qu'il me serait doux de tout quitter ! » répondait silencieusement son petit-fils. L'engourdissant mutisme de Cintra, ses nuits mortes, lui donnaient l'envie, au fond de son lit à courtines de damas, de crier à son père : « Papa, pourquoi n'êtes-vous jamais parti loin ? » ou : « Pourquoi êtes-vous revenu ? »

Manuel avait, par désespoir, essayé une fois de se noyer, à Cabo da Roca, et une autre fois de se pendre à un eucalyptus. Personne ne l'avait su. Ce n'était pas la peur qui l'avait retenu, mais une curiosité mystérieuse lui disait tout bas que les temps allaient changer qui le rapprocheraient de la vie dangereuse de ses ancêtres tués dans l'armée du fils d'Inès de Castro, que l'âge des découvreurs, des premiers *descobridores* de sa famille allait revenir, et que de nouvelles îles enchantées, peut-être, allaient s'offrir...

Un besoin fou de s'habiller de couleurs vives parmi ces gens comme il faut, toujours en noir, en deuil de leur vie, le prenait comme une rage. L'âge des épingles de cravate faisait place à l'âge du cou nu ; la chapelle avec ses prie-Dieu, les boutons de camélia à la boutonnière, la civilisation occidentale débarquant par paquebots, les dîners qui arrivaient tout servis de Paris, par le Sud-Express, les barbes et les binocles de sa famille, les grooms, les landaus, les redingotes, les mélodies de Gounod, le *Jockey Club*, et les domestiques entrant solennellement à trois pour faire le lit, cela finirait avec lui. Il allait se passer quelque chose dans le monde... Mais quoi ?

A quatorze ans, Manuel ne sortait encore qu'accompagné. Il ne se sentait en contact direct et solitaire avec la nature qu'aux frontières, c'est-à-dire dans le belvédère gothique du fond du jardin. Cet être farouche et particulier restait là, des heures, dans un total état d'absence et de distraction, aimanté par quelque pôle lointain et invisible...

L'exotisme, il le retrouvait chez lui, dans le salon *Paul-et-Virginie* du palais de Cintra ; c'était un salon de la fin du XVIIIᵉ, peint par Pillement, où se prolongeait sur les murs la nostalgie portugaise des comptoirs ultramarins. Le salon, y compris le plafond, représentait une case de bambous, avec fausses fenêtres ouvrant sur un port vide, dans les eaux duquel mouillaient des bricks pâles, éternellement en partance. Des perroquets peints restaient suspendus dans les manœuvres dormantes ; cette idylle se laissait porter par des siècles sans vent, mollement, sur des toiles marouflées, dans un parfum d'humidité. Pour Manuel, cette pièce à la mode de 1780 sentait fort la haute aventure ; qu'importait que ces jalousies fussent de fausses jalousies donnant sur des perspectives illusoires, puisqu'elles ouvraient sur les chemins du rêve !

L'histoire des Abreu de Fontarcada, elle était si belle à entendre... « Raconte encore... » disait-il, à sept ans, lorsque don Eduardo décrivait, pour la centième fois, le siège de Tanger, le récit de la mort de l'aïeul Alvarez de Souza y Sà, mangé par les sauvages des Moluques, et qu'il terminait gravement par :

« Sur les deux cents hommes d'équipage, il n'en revint que soixante » ;

ou encore :

« C'est grâce à un arbre inconnu, plein de nids flottants, échoué sur la plage à Terceira des Açores, ex-Hespérides, que l'on comprit qu'il y avait encore des terres à l'ouest... »

La plus fabuleuse légende, c'était celle du fameux ancêtre, le *fidalgo* Pacheco Pereira de Cunha, grand maître de l'Ordre du Christ, qui ne possédait au départ qu'un moulin à vent sur le cap Roca et qui finit vizir du Grand Mogol ; comme il était devenu aussi habile que les navigateurs arabes à prendre la hauteur du soleil, on ne l'avait jamais laissé revoir sa patrie, et il avait fini par mourir à Delhi, dans un magnifique palais dont la coupole ressemblait à un de ces énormes potirons qui mûrissent à l'automne sur les toits d'Alcobaça.

Il y avait aussi, dans une vitrine, le sabre de bronze du roi du Bénin, dernier témoin des aventures de l'aïeul Henrique ; le bracelet en écailles de poisson arraché par un ascendant maternel, un Vila Real, à la reine des Iles Fortunées. Manuel ne passait jamais sans frissonner dans l'antichambre où brillait la scie à couper les jambes des scorbutiques, conservée en souvenir du chirurgien de marine, le grand-oncle Antonio de Fonseca. L'arrière-arrière-grand-père maternel, le négrier Miguel de Ramalhao Pedralva, avait décoré au XVIIIe la serre d'hiver avec les fers des esclaves de l'entrepont ; à la verrière restait suspendu, encore aujourd'hui, un caïman géant, dont le cou s'ornait d'un ruban rose, et qui servait de lustre. Cette promenade mythologique à travers le palais se terminait toujours, sur la lippe un peu violette de don Eduardo, par : « C'était du temps où le Portugal faisait l'Histoire »...

« Et pourquoi donc ne la fait-il plus ? demandait Manuel-Jesus.

— Parce que l'homme a ses limites ; et la géographie aussi. »

Manuel insistait :

« Et pourquoi l'homme a-t-il des limites ? »

*
**

Dans son lit plein de lune, Manuel se rongeait d'impatience : « Pourquoi ne sommes-nous plus ce que nous avons été, des hommes insatiables et sans scrupules, que personne n'a conviés, mais qui dévorent le festin à eux seuls... Je veux être pareil à eux, dévorer la planète comme mes ancêtres, la dévorer avec un rugissement joyeux... comme les Russes... sans honte, sans crainte d'être puni, blâmé... N'être jamais fautif parce que jamais pris en faute... Et faire peur à tout le monde ! »

Il se retourna rageusement ; le versant silencieux et secret de la noire serra de Cintra l'écrasait, couronné par le château maure démantelé et par la Pena avec ses créneaux de théâtre, sa silhouette sortie d'un lavis de Victor Hugo, verticale, naufragée, un bateau dans la jungle.

« Nous avons eu tout ; à présent il nous reste quoi ? Olives, liège, amandes, raisins... Que je hais Cintra ! C'est un couloir maudit qui ne mène à rien, plein d'architectures extravagantes, de nobles demeures démentes... »

De son lit, il voyait les deux cheminées du

vieux Palais ; insensible à tant de singulière beauté, il invectivait :

« Byron, Beckford, tous les cinglés de l'Angleterre se sont naturellement donné rendez-vous à Cintra ! Oui, tous toqués, ici, depuis le roi Alphonse VI que son frère a emprisonné et qui a mis neuf ans à user le carrelage de sa chambre, jusqu'à cet Allemand grotesque de 1840... et qui, tout fier de son castel gothique déraisonnant, a campé là-haut, sur la crête, sa propre statue de pierre, en paladin des croisades ! »

Il eut le désir de revoir la mer du haut de la route d'Estoril, et d'abord la mer de Paille, où, sur dix kilomètres, s'évase le Tage. Que de fois il avait envié les petits enfants de Cintra, filles et garçons, qui, en se rendant à l'école dans leur blouse blanche (ils ressemblent à des dormeurs jetés à la rue par un tremblement de terre) pouvaient, quatre fois par jour, se réjouir ainsi la vue : un premier plan de vieilles ramasseuses de bois mort, de paysannes adorablement cuivrées, portant des choux, ou même leur bois de lit sur la tête, comme si c'était une tiare, d'arbres tordus par les bourrasques d'ouest et qui ont poussé, bossus, parmi les genêts et les mimosas jaunes, quand les cubes roses des quintas ne sont pas là pour leur couper le vent. Les champs descendent par vagues de collines jusqu'à l'estuaire, pareils aux volants des robes gitanes. Au fond, l'outre-Tage et la Serra de Arrabida, où son parent, le duc, possède un château. Quand il y allait goûter et qu'il revenait par le bac, les yeux de Manuel se remplissaient du grouillement de l'estuaire : au-dessus des chantiers où se carénaient les caravelles, les nuages d'un organe plombé, suspendus en baldaquin baroque sur le drap lisse du fleuve, refusaient de crever. A travers la forêt des mâts, l'œil voyait s'élever la cathédrale, avec ses tours crénelées, et l'église où dorment les Bragance. L'adolescent rentrait par la noble place du Commerce, une des plus belles du monde, où la rigide et verte horizontale architecture des administrations corrige l'étagement roux de l'Alfama et le hérissement romantique de l'Alcazar maure.

« Ceci est l'antichambre de l'Europe... L'antichambre du monde »... lui répétait-on.

« Le monde est petit... » pensait Manuel.

*
**

Deux heures du matin sonnèrent au Palais de Cintra ; ce n'étaient pas les tintements pressés des horloges rapides d'aujourd'hui, qui jettent le temps à pleines mains — un temps aussi dégradé que l'espace —, mais de lents coups résonnant dans le vide comme les souliers de fer d'un burgrave dans son chemin de ronde.

« A l'âge où la force et l'espoir de la Terre étaient ici, chez nous, les enfants devaient être les rois de la maison puisque leurs pères voyageaient au bout du monde... Donc, les enfants sortaient seuls, seuls comme je vais le faire... »

Sans bruit il quitta son lit et se glissa à travers le parc, jusqu'à la route. Les pins parasols balançaient leurs masses horizontales, comme un pont de navire. Sous la lune, les branches des chênes recouvertes d'un lichen blanc verdâtre ressemblaient aux ossements phosphorescents d'une danse de morts. Le sol, encore jonché de bois, après la tempête de la veille, craquait sous les pieds de l'enfant. Çà et là, une fontaine aux faïences jaune et bleue, une serre recouverte de palmes séchées, un carré cultivé de citronniers, un étang artificiel où flottaient des lotus... L'ombre était si noire sous les arbres serrés, que la lune — autant que le soleil le jour — était découragé d'y percer ; les murs de soutènement, moisis et accablés de saxifrages géants, les mystérieux guichets dans les clôtures, aux tourillons et aux pentures rouillés, les portes cochères lasses d'ouvrir sur des manoirs écroulés depuis longtemps, engloutis par l'appétit féroce des arbres, l'humidité naturelle ajoutée au froid d'une nuit de décembre, tout s'unissait contre le vagabond nocturne.

Il tint bon ; l'odeur balsamique des eucalyptus, dont l'écorce mouillée et filamenteuse se déchire sous les doigts, le ragaillardit. Il n'avait plus peur d'être seul. Il commençait même à y prendre plaisir. Une joie soudainement virile fut le prix de cet acculement à l'aventure, à quoi le poussait quelque chose de plus fort que lui et qui venait de très loin.

« J'ai grandi, s'écria-t-il... J'ai enfin grandi ! »

Il éprouvait à l'état pur un sentiment de force, l'allégresse d'un choix. Il rêva qu'il naviguait sous la mer (la pêche sous-marine lui était interdite par sa grand-mère, à cause des murènes). La forêt de Cintra devenait sous-marine par son désordre visqueux, par l'enchantement de ses bruits d'eau ; il s'attendait à voir circuler les poissons entre les arbres et des bulles d'air se dégager de l'humus, tant il ressentait jusqu'au fond du cœur cette prodigieuse effervescence poétique de la vieille sylve. Encroués les uns dans les autres, les chênes à feuilles caduques et les chênes à feuilles persistantes se battaient à mort pour la conquête de l'azur, ayant à leurs trousses mille parasites, des buis, des ronces, du houx, des barbes et des champignons rouges emmêlés, tandis que les racines-pieuvres s'efforçaient de se dégager de rochers bossus, rugueux, baroques comme les coquilles des huîtres portugaises.

Manuel n'arrivait pas à comprendre que ce lieu d'élection natal pût être un objet de curiosité pour étrangers, une pause dans un circuit touristique, un ombrage pour pique-niques. C'était avilir l'étrangeté spirituelle d'un lieu qu'il eût voulu soustraire aux barbares de l'*American Express,* afin d'en mieux protéger le désordre. « Il faudrait Léonard pour traduire notre Cintra, disait parfois son père, le crayon de Vinci, ses *sfumatos* lombards ; les brouillards du matin sont ceux des Lakistes et les sentiers de la montagne, des méandres mallarméens. » Manuel ne comprenait rien à ces références littéraires, mais elles lui plaisaient, ajoutant leur voile à celles de la forêt introublée jusqu'en ses toiles d'araignée, cette forêt où les arbres sont oiseleurs et où le rocher se pose en point final au bout de la phrase tortueuse des sentiers. Le noyau de ce système végétal, c'était le Palais, le vrai parmi tant de faux. L'amande de ses arcatures gothiques ouvrait sur de belles salles peintes, celle des Cerfs, celle des Cygnes qui, depuis son enfance, l'enchantaient, comme le dernier livre d'images d'une civilisation vraie. L'extérieur du palais ne lui causait pas un moindre ravissement : sortant tout nus d'une ombrageuse nature à corsage bouillonné, les deux cônes qui dominaient tout et qui n'étaient que les hottes d'une cuisine rabelaisienne le troublaient comme d'énormes mamelles nourricières.

Manuel grimpa jusqu'au petit oratoire des capucins, abandonné de ses neuf moines morts, depuis des siècles, de pleurésie et de rhumatismes, dans l'inhibition de leurs cellules creusées sous le sol comme des garennes. C'était un décor de *Fra Diavolo.* Ces cellules avaient été conçues pour l'expiation des péchés ; on ne pouvait s'y tenir debout ni couché ; des dalles funéraires servaient de bancs et de tables. Les revêtements en liège dégageaient une odeur de bouchon pourri. Ce pic du Monge était un haut-lieu ; tout espoir restait à la porte, tous les besoins humains s'anéantissaient dans ce dénuement effrayant. L'adolescent pensa à Philippe II, doublement fier de posséder l'Escurial, le plus riche des monastères, et ces capucins, le plus pauvre... Il marchait sur un col velouté de mousses verdies par des mouilles invisibles, par des rus qui gargouillaient sur les cailloux. Les fils pendants des toiles d'araignée, les franges des mousses, les crépins des lichens membraneux s'accrochaient aux troncs chancis, comme des guirlandes à des sapins de Noël. Quelle divinité païenne survivait ici au Christ ?

Enfin il atteignit le sommet, terme de sa randonnée nocturne. Pour la première fois il dominait la nuit, l'océan et ses paquebots éclairés, la plaine et ses dix-huit villages jusqu'à Mafra, l'estuaire de Lisbonne sous le halo rouge des réclames lumineuses entre les phares de la rade et les radio-phares de l'aérodrome. Le soleil levant bientôt lancerait ses flèches cramoisies entre les branches, par le plus beau des matins de décembre.

Manuel se frappa la poitrine et battit de la semelle. « Finie la soumission à ceux qui ne veulent qu'une chose, c'est que je leur ressemble ! »

A ses pieds, le palais familial lui sembla couvert de moisi, comme le dessus des pots de confiture de sa grand-mère. « Voici le dernier appel de la chouette, qui hue avant d'aller au lit... Je vais prouver au monde que le vrai Portugal existe encore. La voie est tracée ; je vais donner à ma patrie une chance qu'elle n'a pas eue depuis quatre siècles ! » s'écria-t-il.

Il apercevait son palais, un peu pagode par son toit cornu, un peu Parthénon par ses colonnes, penché au-dessus du ravin et entouré d'un parterre de buis, taillé en caniches.

Manuel dansa sur place, en se frappant la tête de joie, comme font les grands singes. La prise de conscience de sa vocation se précisait avec l'intensité des appels mystiques.

« La lune ! cria-t-il. Nouveau diamant d'un nouveau Brésil, lune, je compte sur toi pour retrouver le droit d'être un homme ! Enfin, je vais être pris au sérieux ! »

***

A midi, dona Sidonia et don Eduardo se retrouvèrent à la salle à manger ; elle, serrée dans un corsage d'insecte, lui boudiné dans la dernière redingote d'Europe.

« Manuel ne descend donc pas déjeuner ?

— Je ne l'ai pas encore vu...

— On n'a pas entendu son piano ?

— Cela ne veut rien dire ; les touches sont si gonflées d'humidité que le son est étouffé. »

Crisóstomo apparaissait, soulevant la portière en karamanieh ; il portait un plateau avec des légumiers anglais, à couvercle.

« Va voir... Eduardo.

— Ne soyez pas impatiente, mère ! Attendons encore un moment. »

Crisóstomo baissait les yeux pour ne pas être interrogé ; il n'osait pas dire que la chambre du jeune maître était vide, et intact sur la table de nuit le café refroidi.

Quand ces deux visages de maîtres, l'un squelettisé, retournant à la tête de mort, l'autre alourdi de graisse, tous deux fatigués de n'avoir jamais vécu, se tournaient vers le jardin, ce qu'ils apercevaient d'abord sur la pelouse, c'était le mausolée des Abreu de Fontarcada, cantonné de quatre anges dus au ciseau de Jacinto Vieira. Un mausolée, leur seule perspective d'avenir...

« Sortirez-vous avec la Bentley ou avec la Vauxhall ? »

Dans un ennui que rien ne pouvait divertir, dans la perspective écrasante d'une économie domestique parfaite, ces deux êtres s'affaissaient, comme un mur qui farde sous son propre poids.

« Tu n'aurais pas dû permettre à son précepteur de demeurer en Suisse jusqu'à Noël.

— Manuel ne traînera pas toujours M. Rochat derrière lui ; songez qu'il va avoir quinze ans...

— Il faudrait téléphoner au manège d'Estoril, il fait très beau, la sortie s'en est peut-être trouvée prolongée ? En tout cas « l'enfant » ne peut rester plus longtemps sans surveillance... Je vais téléphoner à Genève, pour faire revenir M. Rochat, au plus vite. »

Au café, Crisóstomo apporta une lettre, sur un plateau d'acajou.

« Mère, n'appelez plus votre petit-fils « l'enfant » devant les domestiques ; cela l'humilie, dit Eduardo.

— Dis-moi plutôt de qui est cette lettre, mon fils ? »

Don Eduardo eut un haut-le-corps :

« De lui, de Manuel. Je lis :

« *Pardon. Je ne peux plus rester à la maison. N'envoyez personne à ma recherche. Je pars très loin m'inscrire comme volontaire de l'espace. Je veux qu'un Portugais débarque, avant tous, sur un autre astre... J'offre ma vie pour le premier voyage de la fusée. Ne me prenez pas pour un fou, car c'est ainsi qu'à San Lucar, au lever de son ancre, on jugeait Magellan... Si je ne règne pas sur la lune, au moins aurai-je régné sur moi. Et quand mon précepteur reviendra de Suisse, veuillez lui dire que je donne aujourd'hui tout son sens au chant de l'Enéide qu'il m'a fait traduire :* « Macte nova virtute, puer, sic itur ad astra » « *Aie un courage neuf, enfant, c'est ainsi que l'on monte aux astres* ».

« *Votre fils sans retour,*
« *Manuel.* ».

A LA FLEUR D'ORANGER

MADEMOISELLE DE BRISÉCHALAS était une liseuse. Une vraie liseuse et non une femme de lettres rétrécie, contractée ou honteuse ni une de ces muses départementales dont le rôle obscur est de transporter d'un être à un autre la semence de savoir, de talent, du génie ; ni un de ces bas-bleus locaux dont la destinée intellectuelle est de n'avoir ni intelligence, ni destinée. Non, une mangeuse de livres, simplement.

Lire, c'est cueillir. Quand elle avait les bras trop pleins d'avoir cueilli et qu'elle trébuchait, c'est encore sur des livres, sur une litière de livres qu'elle se laissait choir. Depuis l'âge de cinq ans, où elle assemblait couramment ses lettres et où elle s'arrêtait dans les rues pour épeler les affiches jusqu'à celui de quarante-deux où elle était parvenue, Mlle de Briséchalas n'avait cessé de dépouiller des bibliothèques : d'abord la sienne, puis celle de la ville de Caen, qui est considérable et riche en vieux et bons auteurs, enfin plusieurs cabinets de lecture.

Mlle de Briséchalas avait lu tous les livres, s'y était peu à peu ruinée, et sa chair pourtant était gaie ; elle n'avait d'ailleurs point de chair, comme il apparaissait lorsqu'elle levait son visage osseux, stigmatisé par le martyre de la lecture ; visage dont on avait envie de parler en termes techniques, tant cette femme s'était identifiée à sa passion : les traits réguliers semblaient bien mis en page, avec « quelques rousseurs », encadrés par des cheveux dorés sur tranche, et sur le front pur fil, deux petits frisons dessinés comme des lettres capitales ; le nez était parcouru d'une couperose qui ressemblait à un filigrane et les prunelles pointues brillaient comme des caractères de plomb sur une peau plus mate qu'une page de papier vergé.

Mlle de Briséchalas avait assouvi sa faim sur les dictionnaires, les almanachs, les catéchismes, les histoires merveilleuses, les albums, les mémoires, les biographies, mais surtout les romans idéalistes, naturalistes, lyriques, érotiques ou sentimentaux, sublimes ou facétieux. Elle dévorait comme la flamme le papier imprimé. Pareille à certains parasites, elle semblait, pour lire, armée de crochets, de ventouses et de suçoirs ingérant la substance organique élaborée par les auteurs de tous les siècles. Elle ne lisait pas pour savoir ou pour se venger de n'avoir point été aimée, ou pour attendre plus patiemment l'heure de la mort, ou pour forcer la main à la destinée, ou simplement pour se divertir, bref, pour ces raisons stupides qui font qu'une femme ouvre un livre, mais par une sorte de réflexe borné, inéluctable et terrible, qui était proprement sa raison de vivre, sa fatalité.

Oui, sa fatalité. « On n'écrit pas les livres qu'on veut », disait un homme de lettres. Faut-il admettre qu'on ne lit pas non plus n'importe quel livre ? Certains ouvrages paraissent choisir leurs lecteurs ; ils ont une façon sournoise ou entêtée, exigeante et parfois proprement démoniaque, d'être toujours là, dans les catalogues, en vue sur les tablettes, bien à la hauteur du regard, ou sous vos doigts, ou sur le couvre-lit, ou dans la valise ; ils déménagent tout seuls et manœuvrent, semble-t-il, sous vos yeux, à travers les classements, sans qu'il soit possible de surveiller leurs glissements, de surprendre leurs manigances ; ils ne vous laissent tranquilles qu'après vous avoir forcé la main ; ils paraissent vous faire sommation, avertissement et contrainte. Résiste-t-on, ils insistent : autant s'avouer tout de suite perdant. On les prend pour avoir la paix.

La fatalité de Mlle de Briséchalas voulait justement qu'elle se laissât toujours séduire : elle était l'éternelle victime de ce tyran : le livre qui veut être lu.

Elle lisait de tout son être pointu, de son nez pointu, de ses yeux pointus, de ses genoux maigres et serrés l'un contre l'autre, de sa moelle épinière voûtée, de toutes ses capsules surrénales et de tout son corps thyroïde. Parfois, elle déclamait, s'éclaboussait de mots, mettant le ton juste, et parfois elle ânonnait comme une petite fille. Elle lisait tout ce qui est écrit, jusqu'à la table des matières, aux « prières d'insérer », jusqu'aux errata. Elle lisait même les préfaces !

Son coupe-papier était usé comme un vieux couteau trop aiguisé à force de suivre de la pointe chaque mot. De peur de perdre la loupe qu'elle utilisait pour les notes, renvois et références, elle l'avait attachée à sa ceinture. Elle rabattait les angles des pages ; de son ongle elle rayait les marges et comme les signets ne suffisaient pas, elle marquait ses passages favoris d'images pieuses, de bouts de ficelle ou de feuilles séchées, de sorte que ses auteurs préférés ne fermaient plus et que leurs reliures bâillaient comme des huîtres à midi.

Depuis longtemps, les rayons de sa bibliothèque étaient combles. Ses corbeilles à papier, son coffre à bois, les poches de ses manteaux, ses cartons à chapeaux et garde-robes, ses casiers à bouteilles et ses armoires à balais, tout ce qui s'ouvrait, tout ce qui était creux et susceptible de contenir, tout ce qui offrait une tablure ou une entretoise, tout ce que son appartement de Caen présentait de profond et de caverneux, portait cargaison de bouquins reliés ou brochés.

Cette bibliomane ne faisait plus son lit ; elle couchait dans des in-folio, sur des elzévirs et n'osait se retourner, car à chaque mouvement de son corps maigre, des piles de livres s'écroulaient, qu'aucun plumeau n'eût pu épousseter, qu'aucune main ne ramassait.

La vieille fille lisait à table, à pied, en tramway. Faisant sa cuisine, elle immergeait étourdiment dans la bassine les pommes de terre frites tout en s'immergeant elle-même dans des aventures imaginaires. Durant ses courts repas, elle adossait à une carafe l'auteur choisi, avalant à chaque bouchée plus de mots que d'aliments. Elle dévorait ses mille volumes par an et cela depuis un quart de siècle, sans jamais rien acquérir ni rendre. Dénuée de personnalité réelle, elle ressemblait à ces animalcules aux tissus mous qui ne laissent aucune trace géologique.

Mlle de Briséchalas n'était pas bibliophile : n'ai-je pas dit qu'elle lisait ? Son appétit d'imprimé ne lui laissait pas le loisir de vagabonder dans les arrière-boutiques des bouquinistes, ou sur les bancs de la salle des ventes. Tous les beaux livres — et elle en avait de magnifiques — lui étaient venus à travers les siècles par les héritages de sa lignée. Elle déchirait avec son doigt les pages du volume qu'elle venait d'acheter et aux passages poignants elle s'asseyait sans regarder s'il y avait banc ou chaise pour la recevoir, au bord d'une route ou sur les marches d'un escalier.

A part ces extravagances, tout l'extérieur de la bonne demoiselle exprimait la bienséance : c'est le cas chez certaines personnes vraiment égarées. Celle-ci appartenait à la race des folles convenables, des hystériques exemplaires, des divagantes irréprochables. Elle se hâtait à travers son appartement à petits pas traînés, le ventre en avant, les genoux ployés et les mains jointes, comme certaines bonnes sœurs à visions célestes. Douée d'une mémoire qui retenait tout, elle traversait la vie en écoutant le bruit des mythes littéraires qui monte de l'imprimerie et savait les entendre à sa manière, très voisine de la démence. Elle ressemblait à ce *Berger extravagant* de Sorel, devenu fol pour avoir trop lu d'Urfé.

La lecture la stimulait et l'anesthésiait en même temps, au point que la femme de ménage retrouvait parfois, au matin, notre vieille fille endormie sur un des six volumes de la correspondance de George Sand ou, mieux encore, évanouie de fatigue sur l'édition de 1799 des *Voyages d'Anacharsis.*

Ainsi, de l'inconscience à la léthargie, de l'inertie à la défaillance, Mlle de Briséchalas traversait le temps à sa façon et c'était bien la plus excentrique des traversées. Chaque livre était pour elle un oracle des rêves, une clef des songes.

Ne mangeant rien que du papier et de l'imprimé, le dos cassé comme une vieille reliure, elle ne pesait plus qu'une quarantaine de kilos — le « poids du Byron, traduction de Pichot » disait-elle. Il n'était même pas bien sûr que ce poids fût toujours le sien, car il lui arrivait, par un mimétisme prodigieux, de perdre deux ou trois kilos supplémentaires à la suite d'une lecture trop palpitante, lorsque son cerveau avait trop battu la cloche, à moins que son corps ne se fût recroquevillé avec une plasticité inouïe à l'imitation de quelque maladie imaginaire ou de quelque convalescence copiée sur celle d'un héros de roman.

Et malgré cela, cette liseuse recroquevillée vivait intensément. Le secret de sa vitalité c'est que tout lui venait du dehors : elle importait, mais elle n'exportait rien. Chrestomathie vivante, elle animait une existence en apparence retirée par des débauches littéraires et de continuels dévergondages d'imagination.

« Je voudrais être ce monsieur qui passe », dit Fantasio. Cette fois, c'est au tour de la dame qui passe de vouloir être Fantasio. Et Esmeralda. Et Atala. Et Clarisse. Et Paméla.

***

A Caen dans la rue de l'Engannerie, venelle bordée de vieux hôtels qui relie la rue Saint-Jean au port, Mlle de Briséchalas habitait un appartement qu'aucun bruit ne venait troubler. C'est là, à son aise, qu'elle pouvait se croire enlevée par quelque don Juan ou quelque don Ramire, animée par le prince de Tharse ou par ce Ximénès qui lui plaisait tant, avec son effrénée recherche de la pureté dans l'amour.

A Mlle de Briséchalas, tout était évocation, réminiscence ; si quelque matou venait à renverser dans ses ébats un pot de fleurs, elle croyait entendre Polyeucte briser les idoles. Elle passait alors au plus vite sa robe de chambre qu'elle nommait sa chamarre, comme dans l'*Heptaméron,* et, interrompant quelque entretien irréel et solitaire sur les bords du Lignon ou sur ceux de l'Avon, courait regarder par la fenêtre la rue endormie, baignée par le clair de lune de Werther et d'Atala.

Rassurée, elle revenait se coucher, coiffée du bonnet de coton de Jérôme Paturot, et se rendormait en sentant près de sa jambe sa bouillotte de cuivre qu'elle prenait pour l'épée de Tristan non sans murmurer, sautant de l'épopée celtique aux romantiques :

Regarde. Plus de feux, plus de bruit. Tout
[*se tait.*

Mlle de Briséchalas était une voyageuse. Mais elle ne voyageait qu'avec Loti, en croupe derrière Barrès, aux côtés de Mme de Staël, dans Lamartine ou à la suite de Jules Verne. Elle avait appris l'histoire sans jamais ouvrir un historien : Napoléon n'était pour elle qu'un accessoire de *Madame Sans-Gêne,* ou un personnage d'Erckmann-Chatrian, elle n'avait connu Louis XIII que dans *Cinq-Mars :* quant à Charles Quint, il ne s'expliquait que par *Hernani* et François Ier n'avait vécu que pour justifier *le Roi s'amuse.*

Ecrivait-elle quelque lettre, c'est à Perdican

ou à Valmont qu'elle s'adressait. Frappait-on à la porte, elle pensait aussitôt à la *Nuit de Mai.* Riait-on dans la cour : Triboulet arrivait. Les cloches sonnaient-elles, elle eût juré que Quasimodo tirait la corde. Quand elle entendait l'Angelus place Saint-Pierre, elle soupirait avec Vigny : « Les heures de la nuit sont comme les voix douces de quelques tendres amies... »

Aucune distraction ne venait troubler sa débile folie ; les carnavals de Gautier étaient tout son divertissement ; elle ne sortait jamais, n'appréciant les dîners du grand monde que dans Paul Bourget ; le seul bal dont elle eût gardé le souvenir était ce bal où la princesse de Clèves rencontre pour la première fois M. de Nemours. Si elle allait à l'Opéra, c'était avec Clotilde de Granlieu ou avec la duchesse de Guermantes. Depuis longtemps, elle avait renoncé à se rendre, l'été, sur une plage, bien qu'elle fût propriétaire d'un chalet à l'embouchure de l'Orne, car il lui suffisait de se jeter à corps perdu dans Michelet ou dans Hugo pour sentir monter à ses narines l'odeur de la marée et sur ses lèvres passer le goût du sel. Elle s'offrait des vertiges autour du monde, des croisières impossibles, des survols tropicaux, des plongées tièdes, des concerts étrangement cuivrés, en ouvrant, dans l'édition

Lemerre, Leconte de Lisle et Heredia. Toute bourrasque lui rappelait *Paul et Virginie,* tout soleil couchant Chénier ou Jean-Jacques ; tout ouragan *les Châtiments.* Elle ignorait les impressions. Elle ne pouvait arroser son géranium sans entendre chanter Tibulle, Catulle, Virgile ou Mme de Noailles.

Nourrie de rêves, comme Pauline, si elle voyait passer une charrette dans la rue de l'Engannerie, elle évoquait aussitôt le carrosse de Milady ou le panier à salade de Manon déportée ; et si, trop absorbée pour lever les yeux, elle ne faisait qu'entendre le cheval qui tirait cette charrette, cela lui rappelait le pur sang de Maxime Odiot dans *Le Roman d'un jeune homme pauvre.*

Ainsi, pareille à la *Belle Doette* ou à *Grisélidis,* Mlle de Briséchalas se tenait tout le jour près de la fenêtre, un livre à la main. Pervertie par les lectures, la vieille fille isolée dans Caen se croyait parfois Bérénice, cette princesse cultivée qui, comme elle-même, vivait dans un pays barbare. Il lui arrivait aussi de souffrir comme Hermione, de comploter comme Gil Blas ; douée d'ubiquité, elle était au même moment les agneaux des *Méditations,* la flamme du foyer de *La Vigne et la Maison,* ou la rose de *Jocelyn.*

Non, Mlle de Briséchalas n'était pas une

inventeuse, une chercheuse de sensations ou d'idées que personne jamais ne vécut ou pensa. Au contraire, elle s'offrait comme un miroir des lettres et sa cervelle résonnait d'une continuelle conversation tracée par des plumes étrangères ; l'on eût dit le *Dialogue des héros de roman* de Boileau ou le *Dialogue des morts* de Fénelon.

Faisait-elle conduite à tous ses héros ou lui faisaient-ils cortège ? Il était difficile de le dire tant leurs vies factices étaient entremêlées à la sienne, non moins factice. Les personnages de fiction remuaient comme de futurs nourrissons dans le sein de cette vieille fille inféconde ; accessible aux seuls fantômes livresques, fraternelle aux créations de l'esprit, la solitaire de la rue de l'Engannerie marchait, ravie par son démon. Elle n'avait ni la nostalgie 1830 de l'impossible, ni la révolte 1850 contre la réalité, ni le goût 1930 de l'évasion. Elle connaissait plutôt l'apaisement des grandes absences passives. Elle subissait les mystifications de ces illustres menteurs que sont les romanciers, les suivant dans tous les détours de leur expérience déraisonnable et de leurs aventures exorbitantes.

Contre l'état de délire monotone où la lecture la plongeait, elle ne songeait pas à se défendre. Etrangère à tout ce qui l'entourait, elle se sentait délicieusement pénétrée de forces occultes, mais aimées, qui lui créaient un double mystérieux dont elle écoutait la voix intérieure.

Peu à peu, les personnages de fiction se mettaient à faire en elle des mouvements qui n'étaient pas les siens pour exprimer des sensations qui lui étaient étrangères. Alors, elle finissait par perdre complètement conscience de sa réalité propre et elle se laissait aller à une intoxication qui, loin de la détruire, rétablissait en elle un équilibre secret et cette pondération naturelle qui lui faisait défaut.

*
**

Mlle de Briséchalas lut jusqu'au jour où elle se trouva sur la paille, à une époque de crise où la paille elle-même ne valait plus rien et les livres pas beaucoup plus. Elle vit arriver la fin de ses ressources : il ne lui restait plus que des obligations de chemin de fer ; force lui fut de se défaire de sa bibliothèque. Après trois ventes, grandes par le nombre des volumes, mais non par le chiffre d'affaires, les libraires de Paris ne s'étant pas déplacés, elle pensa qu'il ne lui restait qu'un très petit nombre d'auteurs favoris, échappés au naufrage. Mais plus elle vendait de livres, plus il lui en revenait, plus elle en retrouvait dans tous les coins de son logis : des Zola dans ses dentelles, des fabliaux dans son grenier ; elle découvrit que l'armoire au miel ne contenait d'autre miel que les œuvres, oubliées mais complètes, de Chateaubriand, cette reine des abeilles impériales. Un bénitier jésuite de brèche rose cachait tout Crébillon et des in-octavo en reliures aux armes s'écroulèrent un jour lorsque le tapissier eut descendu par accident un lambrequin. La charrette anglaise elle-même, qu'on n'avait pas sortie des écuries depuis dix ans, se révéla l'étrange retraite des *Lundis* de Sainte-Beuve, des soixante-douze volumes de l'édition de Kehl des œuvres de Voltaire et d'un Hugo ne-varietur.

Après avoir raclé jusqu'aux dernières miettes, la vieille demoiselle pensa travailler pour vivre et décida d'acquérir un petit fonds de commerce. Son premier désir fut d'une librairie — naturellement — ou de quelque petite papeterie, mais il n'y en avait aucune de disponible dans la ville.

Une couturière qui venait chez elle en journées ne cessait de lui parler de Mme Marcelle. « Mme Marcelle avait un coquet commerce patenté... » « Mme Marcelle allait se retirer des affaires, fort bien matelassée... » Cette Mme Marcelle, sous le nom de Mme de Marignan, tenait à Caen, près de l'Abbaye aux Hommes, une agence matrimoniale dont Mlle de Briséchalas avait pu lire les annonces dans le *Journal du Calvados.*

CONVOL' OFFICE
Vingtième année de succès
Partis sérieux. — Unions légitimes.

Il n'y avait pas d'autre cabinet de ce genre dans le département et celui-ci était fort coté dans les milieux tant rustiques qu'ecclésiastiques. Mlle de Briséchalas pensa qu'elle pourrait réussir dans ce commerce ; les innombrables romans qu'elle dévorait depuis trente ans l'avaient rendue riche d'expérience et d'une connaissance variée du cœur humain et des nuances sociales. L'élaboration d'un hyménée, des premières rencontres jusqu'aux fiançailles, n'est-elle pas une création voisine de la composition littéraire, avec personnages, intrigue, observations psychologiques, études de mœurs et pathétique des passions ?

***

Mme de Marignan s'y connaissait en commerçantes. Du premier coup d'œil ; elle jaugea la nullité de Mlle de Briséchalas et — bonne fille — s'apprêta à lui donner quelques conseils.

« J'estime qu'en achetant mon fonds, vous faites une affaire, mademoiselle, mais ça n'est pas tout d'acquérir, il faut conserver. Ici, nous n'avons jamais eu de reproches et, pour avoir le droit de vous dire ça, sans me vanter, il a fallu que j'en dépense, du tact et du flair !...

— J'ai mieux que du flair, interrompit la liseuse, j'ai une connaissance approfondie du cœur humain.

— Le cœur ! Mais, ma bonne demoiselle, si vous voulez attendre que le cœur parle chez le client, vous irez droit à la faillite. Ce qu'il faut, voyez-vous, c'est deviner tout de suite ce que ces gens ont dans la caboche. Notre dur métier... Oui, je dis bien, un dur métier... Savez-vous combien j'ai amorcé d'affaires l'an dernier ? Trois cent quatre-vingt-sept ; et savez-vous combien j'en ai bouclées ? Vingt-six. Ce métier exige de la patience, encore de la patience, et une complaisance sans bornes ; surtout, de la perspicacité. Un client qui sait ce qu'il veut et qui le dit, dans toutes les professions, c'est rare ; dans la nôtre, ça n'existe pas : des indécis, des vaseux, des paralysés par la timidité, vous en verrez passer par centaines... et vous finirez même par les préférer aux autres.

— Quels autres ? demanda par politesse Mlle de Briséchalas.

— Tous les autres : d'abord ceux qui voudraient vous cacher la tare (sans laquelle ils se marieraient sans passer par les agences) : l'enfant naturel, ou le casier judiciaire, ou le déshonneur familial, ou l'infirmité honteuse, ou le frère fou furieux. Moi, j'estime qu'on ne doit pas aller à l'aveuglette et je me suis dressée à confesser les gens. Avec de l'éducation — et vous en avez — vous les mettrez vite à leur aise. Quoi qu'ils vous avouent, ne les découragez pas, dites-leur toujours : « J'ai votre affaire. » Vous réussirez, allez ! Le plus dangereux pour vous ce sera l'escroc au mariage. C'est qu'il faut avoir l'expérience de cet oiseau-là ! Neuf fois sur dix, vous le reconnaîtrez à ce qu'il est le contraire des indécis et des timides que je vous disais : le client à l'air résolu, il faut s'en méfier tout de suite.

— Bien, dit docilement Mlle de Briséchalas.

— Je vous mets en garde aussi contre les concubins ; ça, c'est la grande plaie des agences ; je les appelle des déserteurs, articule fortement Mme de Marignan. Ils n'ont pas de conscience : vous les présentez, la dame leur plaît, frrt ! les voilà partis de conserve. Ils sont servis, ils s'en vont, en oubliant de déranger M. le maire et, naturellement, de payer votre note ; cinq cents francs de commission et les honoraires passés au bleu ! Les fermiers vous feront le coup régulièrement pour économiser la commission et les six mètres de satin blanc, comme de bien entendu. Ah ! méfiez-vous des campagnards, ils vous ruineraient. »

Mme de Marignan s'interrompit brusquement devant la mine consternée de Mlle de Briséchalas :

« Vous prétendez que j'exagère... et vous aurez mille fois raison, fit-elle l'air réjoui. L'affaire est excellente, malgré tout ce que je vous en dis ; sans quoi aurais-je ma belle villa de la Côte d'Azur *Les Mimosas* à Nice ? Les bénéfices de l'agence ne se limitent pas aux provisions et commissions : nos plus gros profits nous viennent d'ailleurs : j'ai laissé sur mon bureau des adresses de fournisseurs. Cette liste de bijoutiers, affichez-la dans votre salle d'attente, bien en vue derrière ces œillets en papier : voici des noms de lingères pour trousseaux, glissez-la négligemment parmi les revues et les journaux qui traînent sur la table. Des notaires aux couturières, des limonadiers aux assureurs, des loueurs de landaus aux restaurateurs, on n'imagine pas ce qu'un mariage peut faire vivre de gens : et pour vous, autant de primes et de ristournes juteuses. Ah ! Tenez, je sens bien que quand je serai à respirer mes mimosas je regretterai mon *Convol'Office...* »

*
**

Convol'Office, se répétait Mlle de Brisécha-las, plantée devant la porte de sa nouvelle acquisition, dont elle considérait la plaque d'un air désapprobateur. *Convol'Office,* ces deux mots avaient un aspect brutal, américain, qui la choquait ; elle se creuse l'esprit pour trouver une autre enseigne : *A la lune de miel, A l'anneau nuptial, Aux justes noces,* elle eût voulu quelque chose de plus stylisé, de plus pur, de plus noble, de plus littéraire enfin ; elle faillit s'arrêter à *Epithalame,* hommage à l'antiquité et à un roman moderne qu'elle admirait. Finalement elle choisit *A la fleur d'oranger,* et, toute joyeuse, se mit avec ardeur à l'ouvrage.

Elle passa ses journées entières à l'agence ; le matin, elle classait son courrier ; l'après-midi, elle recevait ; le soir, elle écrivait aux personnes qui lui paraissaient sérieuses et qui avaient mis un timbre pour la réponse.

Elle vit bientôt défiler la foule des invalides du célibat. Mme de Marignan avait eu bien raison de lui dire que ces gens cachaient tous quelque chose. C'était comme une cour des miracles de l'amour. Les bègues alternaient avec les louches, et les rachitiques ; des épileptiques eurent leur crise dans son salon ; elle donna audience à des ulcéreux, des albinos ou des culs-de-jatte. Autant de pauvres êtres défraîchis, perdus, qu'il lui fallait ravauder, remettre sur pied avant de les présenter, des affamés de tendresse, des coloniaux verdâtres, des élèves des grandes écoles ayant mal tourné, des humiliés avec des Légions d'honneur crasseuses, des originaux, des hystériques qui fondaient en larmes, des jeunes filles qui commençaient à bâtir sur le devant et qui baissaient les yeux, des affranchis vraiment trop larges d'idées. Elle vit passer des étrangères à face à main sous le coup d'un arrêté d'expulsion, qui cherchaient à s'abriter au plus vite sous un passeport français, des coquins prêts à s'enfuir avec la corbeille et le trousseau, des Levantins bitumeux qui désiraient faire leur trou dans une famille blonde, des institutrices déçues rêvant d'un retour à la terre, des sensitives saccagées par les rebuffades, des biscornus, cornus avant la lettre, des veuves à la petite bouche et aux grands appétits, des acteurs sans rôle et des nobles à généalogie prêts à toutes les adoptions, des râfleurs d'économies rustiques, des imposteurs et des vierges déjà accablées de nourrissons.

« Quel solde humain ! soupirait avec désespoir Mlle de Briséchalas. Ah ! où sont mes vrais héros ? »

Perdue de littérature, aveuglée par l'imprimé, elle ne savait pas regarder toute cette humanité vivante et grouillante. Comment se serait-elle doutée que ce qui défilait devant elle, c'étaient mille romans virtuels, cent mille épopées du hasard attendant d'être inscrites, un million d'aventures en formation, plus pittoresques et aussi balzaciennes que les plus passionnantes fictions des romanciers ; que chacun de ces êtres, en quête d'affinités incohérentes et de duos singuliers, représentait un total effarant et merveilleux de faits divers, de vicissitudes et de conjonctures ? Lorsque ces échantillons dépareillés se trouvaient soudain mis en rapports avec d'autres unités déclassées, perdues elles aussi dans l'invraisemblable et à la recherche d'un équilibre, quelles conflagrations introuvables, quels précipités suffoquants ne pourrait espérer une bonne marieuse professionnelle engendreuse d'unions légales ! « Le hasard est le plus grand des romanciers » (Balzac).

⁂

A la fleur d'oranger fermait dès six heures. Quand le crépuscule d'hiver tombait sur Caen, un de ces crépuscules normands, mouillés, gras et tièdes où les brouillards de l'Orne envahissaient la ville jusqu'à la citadelle, Mlle de Briséchalas, enveloppée dans sa cape en taupe rougie par l'usage, une stalactite au nez, l'engelure aux doigts, regagnait la rue de l'Engannerie en longeant les murs du Quartier Saint-Pierre qui sent le rat.

« Quels vilains couples ! » soupirait-elle en pensant aux photographies des prétendants et aux poses des postulantes qu'elle laissait derrière elle, dans les classeurs de son bureau.

Ce métier d'entremetteuse conjugale était décidément sans poésie, sans beauté. Et elle hâtait le pas, pressée de retrouver ses chers livres, heureuse à la pensée de la soirée qu'elle allait passer parmi des âmes enfin chevaleresques, loyales, héroïques.

Elle rentra ce soir-là comme tous les autres, avala son petit dîner, avec le point final d'une mandarine, et se jeta, la dernière bouchée dans le bec, sur les œuvres de Boufflers, qu'elle abandonna, dans le grand silence de minuit, pour les nouvelles en vers de Boccace. Tous ces livres, les plats et les râblés, les dorés sur tranche et les ébarbés, les brochés et les cartonnés, les petits fers et les grosses nervures, lui montaient jusqu'au genou comme une marée : elle lâcha Boccace et prit pour s'endormir *Les Hortensias Bleus* du comte Robert de Montesquiou.

Deux heures du matin venaient de sonner lorsque Mlle de Briséchalas entendit frapper à sa porte.

« Ouvrez, c'est moi, dit une voix sans timbre. Ouvrez vite. C'est Poil de Carotte. »

La vieille fille, craintive de nature, n'aurait ouvert à personne, mais Poil de Carotte était une vieille connaissance. Elle fit glisser la chaîne de sûreté.

MADEMOISELLE DE BRISÉCHALAS. — Qu'est-ce que tu veux ?

POIL DE CAROTTE. — Je veux me marier.

MADEMOISELLE DE BRISÉCHALAS. — Et c'est pour cela que tu me déranges à deux heures du matin ?

POIL DE CAROTTE. — Il n'y a pas d'heure pour l'amour.

MADEMOISELLE DE BRISÉCHALAS. — L'amour !... fait comme tu es !

POIL DE CAROTTE. — Je ne suis pas mal fait, mais je n'ai pas de dot... Je n'ai que des poux.

Poil de Carotte gratta sa tignasse rousse.

A la lueur de la lampe, sa peau tachée de son prenait une teinte dorée. Il sourit de ses dents rouillées et dit solennellement :

« Je vous annonce que je me sépare de Mme Lepic. »

Cette nouvelle n'étonna pas Mlle de Brisé-chalas. Elle s'était toujours émerveillée de la patience avec laquelle le pauvre petit encaissait les claques. Comme s'il avait deviné sa pensée il reprit :

« Je sais bien que je continuerai toute ma vie à attraper des gifles, mais voilà, je ne veux plus les recevoir de Mme Lepic.

— Tu auras bien gagné ta lune de miel, Poil de Carotte », dit Mlle de Briséchalas attendrie.

Son visiteur renifla bruyamment.

« J'en ai assez, continua-t-il, de coucher avec Mme Lepic ou avec mon parrain dont les poils me piquent les jambes. J'en ai assez d'être rossé, de vider les poissons, de porter la carabine et de manger des tartines de rien, de briser la glace pour me débarbouiller, de disputer aux lapins les écorces de melon. C'est bien mon tour d'être dessus à saute-mouton... »

Il s'arrêta et soupira :

« Qui voudra m'épouser, hélas ?... Ne dites pas que je ronfle au lit, surtout ! »

Mlle de Briséchalas se souvint des recommandations de Mme de Marignan :

« J'ai ton affaire, fit-elle, je vais t'arranger un rendez-vous ; il faudra d'abord prendre un bain, mon enfant.

— Je n'en prends que l'été dans la rivière, mais j'aurai soin de cracher sur mes souliers et ma sœur Ernestine me pommadera », dit Poil de Carotte avec empressement.

Mlle de Briséchalas sourit et répéta : « J'ai ton affaire » sans savoir le moins du monde qui elle allait proposer au garçon ; elle fouilla dans ses dossiers, ne trouva rien, puis se souvint qu'elle n'avait pas encore ouvert son courrier du soir. Les enveloppes qu'elle décacheta ne révélèrent rien que des jeunes filles exigeantes, des licenciées, des midinettes qui désiraient un officier, des femmes à talons hauts.

« Il te faudrait une veuve, Poil de Carotte, dit-elle.

— Et si elle a des enfants ? fit-il épouvanté. Surtout, pas d'enfants ! Je n'en veux point.

— Soit : une veuve sans enfant ! Tiens ! s'écria-t-elle soudain illuminée, cette lettre reçue hier... elle pourrait t'intéresser. Ecoute :

Mademoiselle,

Ne prenez pas ces aveux pour une confession publique, ils sont strictement confidentiels. Dans l'excès de ma honte, j'ai d'abord voulu m'empoisonner, puis j'ai réfléchi. Si j'ai mauvais cœur, j'ai bonne conscience, et, si ma conduite fut perfide, elle le fut malgré moi.

Je ne suis ni tout à fait coupable, ni tout à fait innocente. Un mari en voyage, la volonté des dieux... Bref, j'avais fait un effort surhumain pour réfréner de criminels transports ; je n'ai pas réussi, la déesse ne l'a point voulu, et je vous parle avec une confusion où il ne faut voir que l'effet de la punition des dieux.

Je passe sur le feu fatal que j'ai nourri et dont j'ai toujours eu horreur ; je vous fais grâce de mes ardeurs insensées mêlées à d'austères pudeurs... Désormais je suis seule au monde. Tous ceux qui m'entouraient ne sont plus. Vous aurez entendu dire que ma nourrice s'est noyée, que mon mari, cette fois, est bien mort, et a couru rejoindre mon père aux enfers. Quant à l'horrible accident de voiture qui a mis fin à ma carrière amoureuse...

J'ai offert un temple à Vénus et Diane s'est enfin apaisée. Je survis à cette lamen-

table tragédie et je viens vous demander aujourd'hui de servir non plus ma fureur, mais ma raison. Oserai-je vous avouer que je ne suis pas dénuée de tempérament ? Une chaleur naturelle me pousse à me remarier au plus vite. Si vous entendez parler d'un jeune homme élevé à l'ombre des forêts et que n'effraierait pas une certaine différence d'âge, je serais heureuse d'être son épouse et un peu sa mère.

POIL DE CAROTTE. — C'est signé, hein ?

MADEMOISELLE DE BRISÉCHALAS. — Oui, c'est signé Phèdre. Et la pire, celle de Racine ; tu vas entrer dans la fable, Poil de Carotte.

POIL DE CAROTTE. — Bien dangereux pour moi !

MADEMOISELLE DE BRISÉCHALAS. — Regarde la photo ; elle est encore très bien, cette dame, et toi, Poil de Carotte, tu n'es pas beau. Te décides-tu ?

POIL DE CAROTTE. — Soit. Phèdre n'a pas eu Hyppolyte, mais du moins elle aura le monstre.

La porte claqua. Mlle de Briséchalas se frotta les yeux : sa chambre était vide ; ce qu'elle avait pris pour le bruit de la porte c'était le fracas des poésies complètes du comte de Montesquiou qui s'écroulaient avec une sonorité creuse. Plus trace de Poil de Carotte. Une odeur de fauve et de peau mal lavée flottait encore dans l'air. Le garçon à l'âme de lièvre s'était-il enfui, plus effrayé par sa brusque résolution que par la passion brûlante de la fille du Soleil, ou bien regrettait-il déjà les gifles de Mme Lepic ?

La liseuse soupira et prit les *Aventures du Baron de Foeneste.* La pendule marquait trois heures. Aucune voiture ne traversait la ville endormie. Dans la rue solitaire, le silence était si profond qu'on entendait l'eau des égouts couler sous les trottoirs. Le poêle avait cessé de ronfler dans l'air devenu plus vif, les lambris anciens en se refroidissant faisaient entendre des craquements de phalange arthritique.

Décidément aucun livre ne parvenait à fixer l'attention de Mlle de Briséchalas. Elle s'interrompit de nouveau, ferma les yeux, et revit en pensée son cabinet d'affaires à trois pièces : le canapé duchesse à deux chevets, la commode en console, le papier rose imitant la toile de Jouy avec des Incroyables et des Merveilleuses devant des moulins à vent, l'armoire où dormaient de leur avant-dernier sommeil les affaires en cours, le salon de réception au guéridon Empire avec ses revues déchirées, feuilletées par les clients pendant leurs longues attentes — car les arrangements matrimoniaux nécessitent beaucoup de délai avant les prises de contact officielles. Que de conciliabules furtifs, que d'oreilles collées aux cloisons, que de pauses, que d'incertitudes et de sursis ! Le candidat entrait par une porte, tandis que, par l'autre, sortait la future, comme dans les vaudevilles.

Lorsqu'elle rouvrit les yeux, car elle s'était assoupie dans son fauteuil, Mlle de Briséchalas vit devant elle un homme vêtu en puritain, d'un vieil habit noir. Le personnage au regard incisif, aux gestes parcimonieux, aux lèvres plus serrées que du point noué, pencha vers elle un museau de rongeur, et, parlant bas, comme s'il négociait en foire quelque vente clandestine, il souffla :

« Combien me coûtera-t-il d'avoir recours à vous ?

— Le bonheur n'a pas de prix, répondit Mlle de Briséchalas. Mais ce n'est pas votre première visite, il me semble ?

— En effet, avoua l'inconnu. Lorsque je vous ai vue, il y a quelques mois, je sortais de grands déboires. J'avais trouvé une charmante fille nourrie et élevée dans une grande épargne de bourse ; elle ne mangeait pas de viande, ce que vous nommeriez aujourd'hui une végétarienne, et c'est ce qui m'avait décidé. J'étais épris, ou tout au moins, j'allais l'être, lorsque après une intrigue obscure, embrouillée et fort napolitaine, ma future me fut ravie par mon propre fils, qui l'épousa. Le même jour, ma fille s'était mariée... sans dot. Seul, désormais, la nuit, dans ma grande maison de Paris, j'avais peur. Mon domestique me volait. Quand j'entendais aboyer dans le jardin, je ne pouvais plus me rendormir. Je décidai donc de me chercher une autre fille jolie et qui ne me coûtât point d'argent. Mon mauvais génie me conduisit peu après chez une créature ravissante et d'une faible constitution. Elle avait eu des aventures, mais son peu de santé me laissait espérer qu'elle était redevenue sage et casanière.

« Peut-être avez-vous entendu raconter que je possède du bien, beaucoup de bien ?

« C'est là grand mensonge. J'ai très peu d'argent que je dois faire fructifier pour vivre. Parmi mes créances, il en était une, fort méchante. J'avais prêté à un inconnu, par l'intermédiaire d'un usurier, dix mille écus, au denier dix-huit. On ne m'avait jamais remboursé et mon coffre était plein de billets protestés. Lorsque je voulus contraindre par corps mon débiteur, quelle ne fut pas ma surprise de découvrir que c'était une femme ! Ainsi connus-je la charmante et piteuse créature dont je viens de vous parler. Elle avait fait des dettes qu'elle ne pouvait payer. Elle en éprouvait du remords. Je saisis l'occasion qui m'était offerte de rentrer dans mon argent et de posséder à peu de frais une fille plus jeune que moi de quarante ans, morceau de roi. Je rachetai les autres billets signés d'elle qui traînaient sur la place. C'est alors que je vins vous trouver. J'entendais en effet ne plus utiliser les services de Frosine, cette femme d'intrigues qui m'avait précédemment joué, et préférais avoir recours à une vraie agence matrimoniale. Ici, c'est à forfait ; on sait où l'on va. Vous demandâtes donc de ma part sa main à la jeune malade.

— Je me souviens mal de cette affaire, dit Mlle de Briséchalas avec hésitation. Epousâtes-vous ou n'épousâtes-vous pas ?

— Je différai, à cause de mon trousseau. Comme ma fiancée maigrissait tous les jours, je pensais que plus j'attendrais et moins il y aurait à acheter d'étoffe. Quand le médecin lui interdit de sortir, tant elle toussait, j'avais si bien pris mes habitudes chez elle, qu'il me sembla inutile de faire les frais d'une cérémonie et je renonçai à vos services.

— On m'a déjà parlé de ces déserteurs...

murmura vaguement Mlle de Briséchalas. Vous méritez une punition.

— Vous allez voir si je fus puni ! Marguerite, c'était son nom, ne détestait pas ma compagnie. Plus elle s'affaiblissait et plus elle me paraissait belle. J'en étais terriblement amoureux. A soixante ans, c'est tout ou rien. Je lui faisais la lecture pendant ses insomnies, je la distrayais car, comme les avares, je ne manque pas d'esprit. Hélas ! la maladie ne l'empêchait point d'être rusée. Ah ! la traîtresse ! Marguerite se refusait à moi ; plus elle me résistait, plus elle se montrait cruelle et plus je l'entourais de soins. Avec un art effroyable et une perfidie délicate, l'hypocrite m'amena peu à peu, le croiriez-vous, à desserrer les cordons de ma bourse. J'avais cru pouvoir faire ma cour avec quelques babioles et un châle de cachemire. Hélas ! après les petits cadeaux vinrent les grands présents. Elle m'avoua avec un sourire délicieux qu'elle adorait les bijoux. Ce mot fait sur moi d'habitude le même effet que l'eau bénite sur la peau du diable, mais sitôt que je contemplais l'ovale parfait de sa figure, sa petite tête aux bandeaux luisants, sa peau veinée de bleu, je perdais l'esprit. Je lui achetai un diadème, une maison de campagne à Bougival.

« Bougival ! Peu à peu l'air vif fit revenir la couleur à ses joues. Au printemps, elle s'anima. Au mois de juillet, elle était guérie. Avec la santé lui revenait le goût de la dépense. Elle y allait comme une folle. Cinq cents francs par jour d'argent de poche. Cette vierge à la Raphaël était non seulement généreuse pour elle-même, mais bonne aux pauvres, ce qui est un comble. A l'été, elle fut tout à fait remise ainsi que je pus m'en apercevoir au gaspillage effroyable qui commençait. Elle exigea une calèche à la daumont pour aller de Paris à Bougival. J'étais joué. C'était moi qui maigrissais. Je perdais tout le poids qu'elle reprenait. Je jaunissais comme l'automne, tandis qu'elle éclatait de santé. Bientôt il lui fallut quatre chevaux blancs. Je vendis mon bétail pour la satisfaire. Elle se mit à jouer gros jeu, au point que je dus déterrer cette cassette jadis arrachée à la prodigalité de mon fils et que les dix mille écus y passèrent. Alors, mettant le point final à ses fantaisies, Marguerite du Plessis partit un beau jour pour Londres avec un duc, sans me laisser le moindre mot d'adieu. Et me voici...

— Et maintenant ? demanda Mlle de Briséchalas, vous voulez encore que je vous trouve une femme ?

— Vous me voyez bien guéri, répondit son visiteur. Moi, me marier ! Jamais plus. Je suis simplement venu vous redemander mon argent, car vous m'avez fait verser cinq cents francs d'avance, indûment, vainement, inefficacement. C'est une jolie garce que votre Dame aux Camélias.

— Ce qui est acquis est acquis, répondit Mlle de Briséchalas.

— Hélas ! mon pauvre argent, mon cher ami ! A moi, M. le commissaire ! Mon argent, rends-moi mon argent, coquine ! » hurla l'homme noir furieusement.

Terrorisée, Mlle de Briséchalas ouvrit son coffre et en sortit un billet de cinq cents francs sur lequel il se jeta. Mais à peine une expression de joie avait-elle éclairé son visage qu'il se rembrunit !

« Félicitez-vous, foi d'Harpagon, dit-il, de ce que je ne demande pas de dommages-intérêts, mère maquerelle ! »

***

Mlle de Briséchalas, pour se redonner du cœur et se remettre de son émotion, alla à la cuisine et se fit une tasse de moka. Lorsqu'elle revint, ses yeux tombèrent sur un extrait de presse qu'elle se souvint avoir découpé à la sixième page d'un hebdomadaire. Elle le relut machinalement :

Homme de cœur, assez ours, désire épouser femme de province désillusionnée, mais n'ayant pas épuisé son destin. Coquettes s'abstenir.

Elle se rappela alors avoir répondu à cette annonce en faisant des offres de service et en envoyant à tout hasard quelques adresses de filles à marier

Cette nuit était si fertile en visites étonnantes qu'elle trouva fort naturel de voir, l'instant d'après, s'avancer vers elle, le cou engoncé dans un jabot de dentelle, un seigneur aux traits virilement sculptés, à la moustache soulignée d'une mouche fière, à la bouche sensuelle et forte, mais fermée à chaque extrémité par des sillons amers plus semblables à deux balafres qu'à des rides.

« Je viens moi-même, mademoiselle, et en prose, terriblement en prose, vous accuser réception de votre lettre, dit le visiteur et vous mettre au courant du vilain tour que vous m'avez joué. Cette lettre contenait l'adresse d'une dame que vous m'indiquiez comme susceptible de comprendre et de partager ma mélancolie, d'excuser mes brusqueries, de consoler mes amours malheureuses et de mettre un baume sur de cuisants souvenirs de jalousie. La rage au cœur, comme d'habitude, j'avais résolu de quitter la cour et la ville. J'écrivis donc, d'après vos indications, en Normandie. On me répondit. Je pris le train et débarquai à Yonville, un gros bourg, qui détacha vers moi son pharmacien.

« — Vous allez connaître, me dit ce dernier,
« une femme que nous aimons tous, mais qui a
« pour nous peu de considération et qui nous
« traite comme des provinciaux. *Creatura ange-*
« *lica.* La folle du logis la travaille. Du couvent
« où elle a été élevée, il lui reste je ne sais
« quel esprit de révolte... Ah ! le romanesque
« les tue toutes !

« — Ce n'est pas du tout ce qu'on m'avait
« annoncé, dis-je. Je croyais trouver une
« compagne fidèle et douce...

« — Elle est très douce, affirma le pharma-
« cien. J'ai eu tort de généraliser : vous la
« verrez et en serez charmé. »

— Je la vis, votre cliente. Elle était belle. Elle ne me faisait nullement l'effet d'une provinciale en quête d'aventures ou d'ascensions mondaines, mais d'une femme triste et bonne qui rêvait tout haut. J'en fus touché. Elle était comme moi, maladroite, naïve et tendre.

« — Je ne suis pas un personnage de roman », me dit-elle.

« Je fus séduit par sa vie décousue et manquée, par ses yeux plus grands que le ventre, par cette réserve d'amour non dépensé, par la mélancolie qu'exhalait cette belle personne inconsolable et humiliée. Elle convoitait tout avec une faiblesse mêlée à je ne sais quoi de terrible, à je ne sais quelle colère qui séduisait. C'était comme moi-même, une contemptrice des mœurs, une briseuse d'idoles officielles. Elle aimait, me dit-elle, les conquérants, elle souhaitait un arbitre décidant souverainement de son sort ; elle ajoutait que nous étions de la même famille d'esprits, elle et moi, qu'il existait correspondance entre les êtres, aussi fatale qu'entre les êtres et les astres. Bref, elle me séduisait sans peine. Au bout de dix minutes elle se proposait de fuir les humains en ma compagnie. Moi, perdu à Yonville, loin de la cour, je me sentais déjà dans un désert, mais elle voulut aller plus loin encore, en Amérique, en Océanie, aux pays des hamacs et de la Croix du Sud. Devant cette ardente poursuite de l'inconnu, mon humeur céda. Je fus captivé par cette jeune fougue qui voulait combler l'abîme entre le rêve et la réalité.

« Tous deux, nous sommes brûlants, emportés, prêts à tout donner et à ne rien recevoir, pensais-je. Me voici le premier amant réel d'une femme qui n'a étreint que des fantômes. C'est une belle sans politique, sans fard, sans hypocrisie, qui s'engage, se compromet, et se donne courageusement ; n'hésitons plus et plongeons avec elle dans l'aventure.

« J'en étais là de mes réflexions, qu'elle m'abandonna ses lèvres lisses, mouillées et brûlantes. Enfin, on me faisait crédit ! Enfin, je n'étais plus tenu à distance respectueuse, j'étais au contraire enlacé, happé, emporté dans un tourbillon ardent. Ma nouvelle conquête me tendait les bras à travers les barreaux de sa prison.

« — Alceste, soupira-t-elle, je suis à toi ! »

« Alors, évoquant celle qui m'avait tant fait souffrir jadis : « Soyez oubliée, attirante « et déloyale Célimène ! Emma me consolera « de vous ! Combien votre coquetterie enra- « gera lorsque seront publiés nos bans ! Com- « bien vous regretterez ma tendresse assidue « et, avec elle, mes brusqueries, mes indi- « gnations ! Allez donc retrouver vos galants, « vos lâches courtisans. Je ne vous aimais « pas comme vous vouliez, Célimène ? Tant « pis pour vous. »

« J'épousai. Emma, qui avait repris son

nom de jeune fille, devint cette fois Mme Alceste. Nous fûmes des amants plutôt que des époux.

— Alceste et Mme Bovary ! Je n'ai jamais uni pareils noms ! s'exclama, ivre de joie, Mlle de Briséchalas.

— Cette fée amoureuse était une femme, continua le Misanthrope ; elle voulait être belle pour moi et je dus, malgré mon horreur de la ville, la mener à Paris se commander des robes. Sa Normandie était d'ailleurs d'un ennui interminable. Je la présentai à quelques intimes. Avec quelle joie Emma courait les marchandes de frivolités ! Le luxe la fascinait, cette provinciale arrivée dans la capitale par le coche. Son âme peu de la Cour se jetait dans tous les raffinements. Je m'aperçus bientôt qu'elle ne détestait pas le monde ; les titres avaient beaucoup de prestige aux yeux de cette fille de fermier. Elle voulut apprendre à danser, à danser aux violons, non plus aux musettes. Bientôt elle apprit à cabaler, à condamner au nom des règles du bel esprit. Les ruelles, le Cours-la-Reine, Paris, lui tournèrent la tête. Il lui fallut bientôt Versailles, les perruques, les petits levers. Elle en revint un jour avec Acaste et Clitandre, Dieu me damne ! Enchantés de me jouer un bon tour, ces fats lui emplissaient les oreilles du nom de toutes les femmes fines et civilisées dont ils avaient eu les faveurs. Ils chavirèrent si bien la cervelle de l'ancienne Emma Bovary qu'elle ne parla bientôt plus d'Amérique ni d'Océanie, mais qu'elle exigea un hôtel place Royale. Ah ! n'épousez jamais la femme d'un médecin de campagne !

— Seriez-vous impossible à marier, Alceste ? Vous n'êtes jamais content, dit Mlle de Briséchalas agacée.

— Voilà que vous me donnez tort ! s'écria Alceste indigné : eh bien, apprenez ce qu'un jour me dit votre cliente. Je vous le donne en mille ! « Présentez-moi donc à Célimène...
« C'est une femme que j'admire tant, que je
« veut m'efforcer de lui ressembler en
« tout ! »

***

Lorsque Mlle de Briséchalas rouvrit les yeux pour la cinquième fois, la pendule marquait cinq heures. Quelques étoiles au ciel scintillaient, étoiles sur une robe de clown. Déjà, à la caserne Saint-Pierre, on entendait le clairon. Des camions passaient sur les quais. Elle eut froid, se mit au lit et chercha un sommeil qui l'avait fuie la nuit. Mais les visites de ses spectres familiers l'avaient si prodigieusement excitée qu'elle ne pouvait fermer l'œil.

« Décidément, je n'ai pas de chance avec mes appareillages littéraires, se dit-elle. Ces personnages égoïstes ne pensent qu'à eux, héros invivables, caractères insupportables ! Non contents d'avoir eu un passé, il leur faut un présent à histoires. Ils recherchent les situations impossibles ; ils soignent leurs silhouettes, peignent leur légende et se répètent, toujours identiques et incorrigibles. Me suis-je donc dévouée sans raison ni profit ? N'aurai-je jamais la satisfaction du travail bien fait et de la réussite parfaite ? »

A peine la marieuse venait-elle de prononcer ces mots qu'elle vit entrer dans sa chambre et s'asseoir familièrement sur son lit, en accommodant au mieux ses paniers, une jeune femme poudrée à frimas qui lui parla en ces termes :

« Vous m'avez appelée, mademoiselle, et je suis venue. Je ne pensais guère au mariage. Grâce à vous, j'ai rencontré M. du Roy et je l'aime. Il n'a pas le sou mais je saurai bien lui trouver des ressources. J'ai des bijoux. Nous vivrons heureux dans notre petite maison. Ah ! quelle belle fille que ce garçon ! Sachez que pour la première fois, je suis éprise d'un homme, d'un vrai homme.

Je ne le connaissais pas depuis une heure que déjà il me demandait de l'argent. C'est l'amour même. « De l'argent, lui dis-je, je « n'en ai pas, je n'en aurai jamais, mais j'ai « un vieil amant qui paiera. » M. du Roy prit fort bien la chose. Un vrai affranchi. Et qui n'aurait pas l'idée de me traiter de « perfide Manon », lui. Il admet fort bien qu'on puisse aimer un homme et appartenir à un autre. Il ne me rompt pas les oreilles de ses indignations ; il me laisse organiser notre petite existence et garnir notre petite table. « Ma chère Manon, me dit-il, tout ce que tu « fais sera bien fait. Va-t'en retrouver ton « vieil amoureux. En attendant, j'irai boire au « cabaret avec Lescaut. Ce n'est pas lui « qui m'assassinerait de « M'es-tu fidèle, « Manon ? » Il laisse sa jalousie à la porte et quand je lui dis : « Je ne vous déguise rien, « je ne vous mentirai jamais », il me croit, « et il n'a pas à se repentir de m'avoir crue. Je « l'aime ! Je l'aime mille fois plus que mon che- « valier, ce jeune idiot, avec ses scrupules, ses « soupirs, sa confiance, ses accusations démen- « tes et ses remords d'homme de qualité. »

— J'entends du bruit à la porte, dit alors Mlle de Briséchalas. C'est sans doute M. du Roy. Attendez-moi un moment, Manon. »

Un grand gaillard en pardessus à taille

souleva son grand chapeau et toisa Mlle de Briséchalas d'un air insolent et câlin, cet air qu'il endossait comme un uniforme chaque fois qu'il parlait à une femme. Son teint brique décelait l'ancien chasseur d'Afrique.

« Georges Duroy, ancien sous-officier, rédacteur à *La Vie française,* fit-il avec arrogance. Je suis à la cote, ajouta-t-il cyniquement, faites-moi donc connaître de jeunes donzelles. »

Mlle de Briséchalas contempla avec curiosité son visiteur. Sous son chic acquis, on sentait une veulerie tout à fait impressionnante. Elle savait tout de lui sans qu'il s'en doutât.

« Georges Duroy ? Non, monsieur, ce n'est plus votre nom. Aujourd'hui, vous mettez la particule, votre nom s'écrit Georges du Roy, fit-elle en soupirant. Duroy, c'était bon jadis, du temps que vous pouviez encore rougir, du temps où, bachelier manqué, journaliste improvisé, vous jouiez au bilboquet en attendant que votre article descende du marbre, où vous empruntiez un habit pour aller dîner en ville, où vous n'aviez pas trois francs en poche, Bel Ami. »

En s'entendant appeler par son surnom, Georges du Roy sut qu'il était découvert.

« Oui, c'est moi, Bel Ami, avoua-t-il non

sans orgueil. J'ai voulu vous cacher mon identité, en effet. C'est un Bel Ami non plus besogneux qui vous salue, mais un Bel Ami arrivé et millionnaire que vous avez devant vous. J'ai de l'or, tenez, voyez, plein mes poches. Je fréquente les gros banquiers et les ministres qui tremblent devant moi. Je fume des panatellas, je n'ai plus rien à désirer.

— Pourquoi donc avez-vous besoin de mes services, répartit Mlle de Briséchalas, pourquoi venez-vous ici faire la province, vous qui connaissez tout Paris, qui avez vos petites et vos grandes entrées dans les coulisses, dans les couloirs, au Parlement, dans les salons ? Vous qui possédez toutes les femmes, Clotilde et la richissime Mme Walter, et Mme de Marelle, et tant d'autres ? Pourquoi venir ici abuser de pauvres filles comme Manon, leur tourner la tête, leur promettre le mariage, pour les quitter après leur avoir raflé leurs économies ; moins encore, après les avoir tapées d'un louis ? »

Georges du Roy, très « bécarre », comme l'on disait de son temps, fit sauter sa canne en l'air avec désinvolture et la rattrapa entre deux doigts par le lourd pommeau de vermeil.

« Tout cela est mérité. Je vais vous faire

une confession sincère, mademoiselle. Oui, je suis un homme arrivé. Et après ? Aventures, chroniques de tête, fortune rapide, yachts, succès financiers, que m'importe tout cela ? « J'ai eu tout et ce tout n'est rien », disait, je crois, un empereur romain. Aujourd'hui, je possède tout, en effet, sauf la jeunesse. Ma jeunesse s'est enfuie, elle ne veut plus de moi. Et pourtant moi, si vous saviez, comme je veux d'elle ! Inlassablement, je cours après mes débuts, la tête tournée en arrière, comme les suppliciés de Dante, je cours après mes années de misère, de ratage, de désespoir, après tout ce qui était le risque et l'aventure. Et voilà pourquoi je retourne maintenant à mes débuts. Je hante les *Folies-Bergère,* dès que je peux échapper aux présidents du Conseil, aux ducs et aux altesses, rien que pour m'entendre murmurer à l'oreille « Tu paies un verre ? » et pour pouvoir répondre aux filles fardées, à la grosse poitrine tendue sous le corsage de satin noir : « Non, ma petite, je « suis sans le sou ; à toi de m'en payer un. »

— C'est du beau ! interrompit la vieille fille.

— Je porte le deuil de mes années d'écorniflage. Je m'ennuie, mademoiselle, Dieu que je m'ennuie ! Désormais, pour jouir de la vie et sentir que j'en jouis, il me faut les guets-apens et les coupe-gorge où j'ai joué ma vie. En vain je cours les tripots obscurs et les lieux sordides en essayant de cacher mon identité ; j'y suis trop connu ; toutes les filles galopent après moi, me tirent par la manche : « Bel Ami, qu'est-ce que tu paies ? » Hélas ! je suis devenu le régulier, le Brésilien, le miché, je ne suis plus Bel Ami. J'ai le regret incurable de la cuvette sale, de la chambre meublée, des draps douteux, des lendemains incertains ; par une sorte d'inversion de remords, je me retourne vers le vice, j'aspire aux passes difficiles, je voudrais retrouver les moments critiques d'où je sortais triomphant. Voilà pourquoi je fais la province. Vous ne savez pas ce que c'est qu'une vraie caresse de vraie fille, mademoiselle ! Vous ne soupçonnez pas la joie suprême de jouer à la pauvreté et d'entendre dire à une compagne inconnue : « C'est payé, mon chéri » ou : « Ça ne fait rien, tu n'as pas d'argent, « je t'en prêterai. » Voilà ce dont j'ai la nostalgie. Quelles délices, quelle musique, quelle volupté ! »

Et Bel Ami, redevenu jeune, éclata de rire, campa son haut-de-forme un peu de travers, d'un air conquérant, et s'effaça dans le mur.

⁂

Il faisait maintenant grand jour. Le coq s'était tu. Le vent soufflait en rafales ; la pluie cinglait les vitres : un tintamarre de boîtes à ordures ébranlait la rue et Mlle de Briséchalas, qui s'était mis du coton rose dans les oreilles parce qu'elle redoutait les courants d'air, n'entendit pas qu'on frappait à une porte qui finit par s'ouvrir d'ailleurs, toute seule. Le plus charmant cavalier du monde salua d'un grand coup de feutre, en éclatant de rire. De longues boucles noires descendaient le long de son cou blanc, sur ses épaules veinées de bleu ; sa figure pâle, sa peau admirable, son visage imberbe, ses longues jambes bien prises dans des bottes de vénerie, en cuir fauve qui lui montaient à mi-cuisse, l'air décidé avec lequel il tapotait de son gant à crispin la garde de son épée, sa grâce de triomphateur de carrousel faisaient penser aux jeunes lords de Van Dyck.

« Je m'appelle Théodore de Sérannes... » commença l'inconnu.

A ce moment, la sonnette retentit furieusement.

« Encore lui ! Toujours à mes trousses ! soupira le garçon mi-moqueur, mi-agacé. Cachez-moi et ne dites surtout pas que vous m'avez vu. »

Disant ces mots, il disparut dans la pièce voisine.

A peine avait-il rabattu la portière qu'entra un homme singulier, tâtillon et arrogant, aussi laid que le précédent visiteur était beau, emmitouflé dans une pelisse vieux style en drap noir à brandebourgs, ganté de blanc, le visage haut en couleur, le cheveu teint, l'œil aigu d'un vieil expert, sous une arcade sourcilière fort velue, la moustache frisée au petit fer. Ses souliers étaient si propres et si vernis qu'il semblait descendre d'une voiture, plutôt d'une calèche. Il contempla avec un profond dégoût les photographies des candidates au mariage qui s'étalaient sur la table de Mlle de Briséchalas et, du bout de sa canne, les fit choir dans la corbeille à papiers.

« Qui dois-je inscrire sur mon registre ? demanda poliment Mlle de Briséchalas.

— Ainsi donc, vous fomentez la mésalliance, vous préparez le conjungo, vous aménagez des hyménées au mieux de vos intérêts ? Moi, je ne comprends le mariage que sous deux formes : le mariage blanc et le mariage in extremis. Rassurez-vous, ajouta-t-il l'air épanoui, je ne suis pas ici pour faire une fin.

— Je vous demande, monsieur, votre nom pour mon livre d'or, dit Mlle de Briséchalas, impressionnée malgré elle.

— Baron de Charlus », répondit l'homme à la pelisse, à la fois magnifique et repoussant.

Et il ajouta :

« Charlus l-u-s, cria-t-il, en passant brusquement d'un ton de mystère à des hurlements provocants. Maintenant, la vieille, écoutez-moi ! Prenez garde de me contrarier et ne me faites pas perdre mon temps. Il ne s'agit pas ici d'amour, mais d'amitié, sentiment infiniment plus pur, plus athlétique et plus exceptionnel. Tâchez de me comprendre, si c'est possible et ne vous méprenez pas sur mon compte à cause de ce que je vais vous dire. Voici : j'ai rencontré ces jours-ci dans les rues de cette ville infecte (le seul homme digne de ce nom qui ait jamais habité Caen est mort de s'y être retiré, j'ai nommé Georges Brummel) ; j'ai rencontré, dis-je, un garçon si beau que l'antiquité n'a jamais rien produit d'aussi rayonnant. Un peu trop efféminé pour mon goût, mais il porte le costume Louis XIII avec une élégance inouïe et ne doit pas avoir plus de vingt-six ans. J'en suis féru. Je veux absolument faire sa connaissance. Soyez-moi utile. Mettez-vous en campagne. Envoyez partout messagers et courriers. N'épargnez pas votre peine. Cette bourse est à vous et si vous avez des frais supplémentaires, portez-les sur la facture.

— Je ne sais pas pour qui vous me prenez, monsieur le baron ! s'écria avec aigreur Mlle de Briséchalas.

— Je m'ennuie. J'ai besoin d'un ami. Et quand je dis un ami, je suis sincère. Un bon ami est infiniment plus rare qu'un bon mari. Je suppose que le jeune cavalier que je recherche, et qui me fait courir depuis trois jours sans déharnacher, ne sera pas mécontent d'être dans les papiers d'un personnage aussi né et aussi considérable que moi. S'il n'est affamé que de gloires ou d'honneurs, j'arrangerai cela ; s'il veut de l'or, il en aura. S'il est insolvable, je paierai. Je ne lui demande que d'être beau. Inutile et beau, comme une fleur dans un vase. Tout ici-bas est incertitude, ajouta le baron en s'essuyant négligemment les pieds aux rideaux, car il avait vu un peu de poussière sur ses bottines. Tout ici-bas est variabilité, balivernes et palinodie, ma bonne dame, la beauté seule nous satisfait. C'est ma religion, ma patrie. Le Moyen Age a eu besoin d'amour, le Grand Siècle de vérité ; nous autres, gens de la Renaissance, nous vivons de beauté. Voilà pourquoi j'aime le reflet bleui des boucles de Théodore de Sérannes...

— ... de Théodore de Sérannes qui reprend désormais son vrai nom et son vrai sexe !

s'exclama joyeusement le beau cavalier, lequel avait profité de son séjour dans la pièce voisine pour revêtir cette fois un vêtement féminin et qui s'était métamorphosé en une belle jeune fille.

— Mlle de Maupin ! s'écria, émerveillée, la directrice de l'agence reconnaissant aussitôt une de ses héroïnes favorites. Chère mademoiselle de Maupin, toi qui, dès ton enfance, eus honte de tes robes et de ta poitrine naissante, toi que la charmante Rosette poursuivit jusque dans son lit de ses soupirs, bretteur illustre, cavalier pâle que l'impossible a toujours séduit, toi dont le caractère mâle violenta si souvent la féminité, vas-tu retourner dans ton grand château Henri IV et viens-tu nous dire que tu abandonnes tes jeux de garçon manqué ?

— Malédiction ! ce garçon était une fille ! » rugit le baron de Charlus en proie à une de ses terribles et fameuses colères.

Et il s'enfonça dans le plancher en laissant derrière lui une odeur de souffrance et de soufre.

« Ayez pitié de cet hérétique... » murmura Mlle de Briséchalas.

***

A sept heures du matin, Mlle de Briséchalas, équipée de son ordinaire, se rendit à son agence le cœur léger pour la première fois. Elle avait passé une excellente nuit ; ces entrées féeriques et ces sorties fabuleuses l'avaient laissée non seulement imperturbable, mais parfaitement reposée ; comme ses lectures, elles correspondaient en elle à une réalité intérieure. Chaque phrase prononcée par ses fantômes discordants lui avait paru harmonieuse comme un murmure de ruisseau. Il lui semblait naturel qu'on se promenât dans Caen à sept heures du matin, en costume Louis XIII, et sa folie approuvait que Manon, restaurée, vînt frapper à son huis au clair de lune. Mlle de Briséchalas s'était reconnue dans ce défilé d'ombres ; accordée sur un rythme secret et sans communication avec le réel, elle se sentait prête à parcourir agréablement des paysages plus immatériels qu'une vapeur.

Ces spectres littéraires qui, vus par vous ou moi, eussent eu l'aspect improvisé de personnages de charades, ou de comédies de Saint-Charlemagne, ou qui eussent fait les frais d'une revue normalienne de fin d'études, pour Mlle de Briséchalas, étaient les habitants normaux d'un pays secret où elle s'épanouissait avec béatitude.

Chaque soir, désormais, à l'heure où la

ville s'endort, elle se réveillait entourée de ses beaux fantômes. Chaque nuit le commerce de ses héros de roman l'entourait de dialogues qui rappelaient par leur absurdité les jeux des veillées à la campagne, ce jeu du secrétaire, par exemple, où l'on remet son papier plié au voisin qui continue sans la lire la phrase déjà écrite « La reine de Saba a rencontré... le maréchal Foch... sous un trèfle à quatre feuilles. »

Ainsi à travers une saison mythologique qui flottait sur sa vie comme les brouillards au-dessus du champ de courses, la marieuse se tenait, entre le déclin du jour et l'aurore, à la disposition de quelque illustre fantoche las d'habiter son auteur.

HISTOIRE DE CAID
CHEVAL MAROCAIN

Les concours hippiques privés, au village ou à la campagne, m'enchantent ; le décor est là, naturellement planté, les gens dans leur cadre ; les bêtes prennent des proportions colossales qu'elles perdent sur les terrains des villes. Rien n'y sent le renfermé, les obstacles sont ceux de la promenade, sauts-de-loup, revers de fossés, haies vives. Des fûts de pétrole vides indiquent les tournants, et il y a concert de crapauds à la rivière des tribunes. Les arbres fournissent le toit et la charpente ; ni fanfares de trompes, ni habits rouges, ni présidents de république. L'Irlande, l'Angleterre des comtés pas chic, la Suisse des Franches Montagnes jurassiennes, le Poitou, l'Andalousie, le Maroc, voilà des lieux de réunion qui sentent bon la paille, le crottin, l'herbe foulée.

Entouré de cactus géants et inextricablement barbelés, le terrain de Roxane avait été aménagé par elle et par son mari. Elle y donnait des carrousels et des fêtes cavalières pour son propre plaisir et celui de ses amis, et aussi pour distraire son nombreux domestique indigène et divertir les animaux de la grande arche de Noé qui était sa résidence.

La haute futaie d'eucalyptus, au travers de laquelle on voyait, à une lieue plus bas, la ville et la mer, abritait deux carrières d'entraînement séparées par un parc à moutons, le tout cerné par une piste d'obstacles. Perches, murs, balises, pieux, cavaletti, barres de Spa et barres d'oxers étaient blanchis à la chaux. Ces gouaches éclatantes réveillaient les tons morts du paysage, les verts sérieux des pins, les verts noirs des cyprès. Un public sans endimanchement ni snobisme étalait des robes de cretonne et de chintz, des chemises par-dessus le pantalon, des orteils à travers la lanière des sandales. Les pigeons échappaient au chat, les petits chiens aux gros, les corbeaux apprivoisés sautillaient sur les dattiers qui montaient dans l'air bleu comme le son de la flûte, les ouistitis se laissaient choir du haut des arbres sur la croupe des chevaux, les poules entraient au vestiaire et les poulains fureteurs essayaient, d'un sabot mal assuré, de gravir l'estrade du jury, cherchant l'avoine dans la corbeille à papiers.

Il était cinq heures du soir, les visages reposés par la sieste souriaient à d'autres faces, encore luisantes de la sueur d'une lutte au canasta continuée sans trêve depuis le déjeuner. Le *pschtt* des sodas et des limonades se mêlait aux rauques appels des palefreniers arabes. Le mari de Roxane, un fanion dans une main et un chronomètre dans l'autre, un mouchoir autour du cou, vérifiait la hauteur des barres ; Roxane elle-même, très Saumur, tout en noir, se tenait au centre du paddock, le chasse-mouches sous le bras, insensible au soleil de feu, au protocole, aux interviews de la presse locale.

La cloche venait de sonner pour la Coupe des Consulats ; les parcours grotesques ne recueillaient pas moins de bravos que les plus réguliers ; certains cavaliers picotaient artistiquement leur cheval de la molette, alors que d'autres poignardaient le ventre de leur jument, qui pissait sous l'attaque... A ce moment, je vis entrer, dans un mouvement prodigieux, un cheval arabe sans pareil, une tête à la Delacroix, sur une croupe à la Géricault, les crins bien peignés se dénouant au vent, les sabots luisants d'huile, les membres brillants d'essence de citronnelle contre les taons. Il hennissait, et chaque fois ses flancs blancs tremblaient. Il était monté par une petite fille à califourchon sur la crinière, enlevée à fond de culotte, le nez entre les deux oreilles de la fougueuse bête, les mains fixes, de chaque côté de l'encolure, le corps bien en équilibre sur les orteils. C'était un petit démon sur un grand, le couronnement audacieux et intelligent d'un monument d'orgueil et de révolte ; les crins, la queue, comme une draperie déchirée, s'envolaient dans la lumière du couchant. Plus calme que sur un tabouret de piano, l'enfant s'accrocha au bouquet de crins en s'arrêtant pile, pour saluer le jury. Dans une étonnante furie d'effet, elle termina par un piaffer splendide en portant la main à sa bombe de velours marron ; les sabots s'enlevaient si haut, retombaient si peu, qu'on eût dit le pas du dindon sur la tôle chauffée au rouge ; puis, d'un mouvement, à peine un instant suspendu, elle pirouetta sur les hanches et s'envola vers la première haie.

« Quel est ce cheval indompté ?

— Ça ? Un indompté ! C'est mon vieux Caïd ! me répondit Roxane. Un caractère en or ! Venez goûter après le gymkhana, je vous raconterai son histoire. »

*
**

« L'avez-vous vu voler sur l'obstacle, mon Caïd ? Il ne renverse jamais rien, il polit le haut du mur. Il s'enlève tout seul, jamais besoin de le réveiller à la cravache, celui-là ! Avez-vous vu ses yeux ? La noblesse, le feu du regard ? Tout respire la race, en lui, non seulement le regard, mais l'étroitesse du sabot, l'évidement du jarret, la sèche distinction des cordes ; et quelle prodigieuse impulsion, quelle énergie dans toute sa personne !

— Vous avez raison, Roxane, Caïd est une personne. Vous l'avez depuis longtemps ?

— Depuis dix-sept ans... Je l'ai acheté, il avait six ans.

— Caïd aurait vingt-trois ans ! Impossible ! Il hennit comme un jeune cheval, il boucle sans faute et s'enlève tout droit, des quatre membres...

— Peut-être même vingt-quatre ans. D'un homme, nous dirions qu'il est centenaire. Un aide de camp de Lyautey, raconte-t-on, amena de Syrie, aux temps héroïques, un fougueux chargeur (Roxane traduisait ainsi le mot anglais *charger*, coursier et cheval d'armes tout ensemble) ; ce futur père de Caïd rompit un beau jour son attache et partit à l'aventure ; l'odeur d'une jument l'arrêta... Onze mois plus tard, de cette rencontre, Caïd naissait. »

Roxane vida son Coca-Cola.

« A six mois, il se laissait conduire par les enfants à la rivière, ils le montaient à cru et jamais il ne les jeta à terre, à condition qu'on lui permît d'arriver avant les autres et de jouir d'une eau encore non troublée. Le poulain apprenait à reculer, à s'agenouiller, pour laisser les enfants ramasser des fleurs qu'ils tressaient à sa crinière. Pas d'écurie bien sûr ; il habitait avec la jument, sa mère, la tente arabe ; la smala vivait pêle-mêle là-dedans, chevaux, marmaille, poulets, dans l'entassement des bâts, des plats à couscous et des tapis de tente déroulés, d'où s'échappent des scorpions. Dès que le soleil s'élançait, tout le monde, dehors, tournait avec l'ombre autour de la tente, comme aiguilles autour du cadran. Elevé avec l'homme, le poulain participait de son intelligence et de son adresse ; même bien bâtis, les jeunes chevaux sont maladroits et, montés, plus encore, puisqu'il leur faut substituer à leur aplomb naturel un équilibre factice. Lui se portait en avant à la voix, et les enfants n'étaient jamais obligés de l'activer d'un talon nu. Il ignorait ces défenses qui aigrissent les *yearlings* dès qu'on leur met selle au dos.

« Il se trouva, continua Roxane, un cavalier pour deviner les qualités de mon futur cheval : le fils du Pacha ne s'y trompa pas. Les Arabes sont des maquignons-nés. Celui-ci remarqua le grand œil noir et l'autre, plus petit, sous les cils blancs, qui brillaient comme des escarboucles noires. « Ce cheval, il me le « faut », dit le jeune homme. On le lui acheta. « Une noble bête, un futur cheval, un vrai « *caïd* entre tous les chevaux », observa le Pacha, en caressant sa barbe blanche teinte en rouge, quand son fils lui montra son acquisition. Caïd, ce nom devait lui rester.

« A l'écurie, Caïd fut roi. Il recevait autant d'orge, de fèves sèches et de maïs concassé au marteau qu'il voulait. Trois repas par jour et, le soir, du foin. « L'orge du matin va au « fumier, disent les Arabes, mais l'orge du « soir va à la croupe. » Cette croupe s'arrondissait, splendide. La masse des cuisses, aux muscles bien enveloppés, se confondait avec elle, harmonieusement ; l'encolure pyramidale annonçait que le sang n'était pas loin. La robe, d'un gris souris, à reflets d'aluminium, était devenue plus luisante qu'un bracelet de cheville, avec quelques poils roux sur le dessus. Le chanfrein s'était busqué comme chez les

Andalous du XVIIIe siècle. Les avant-bras allongés, l'épaule pointant indiquaient, même au repos, qu'on pouvait avec lui s'attendre à des allures rapides. Le canon, sur le devant, s'amincissait comme une lame, sur les larges côtés et était recouvert d'une peau très fine.

« A trois ans, sa première fantasia, ce fut un triomphe. La fantasia n'est plus ce qu'elle était du temps de Fromentin, les escortes de soixante chevaux, avec étendards turcs en queue de cavale vierge, tonnerre de cymbales, caparaçons de cuir cramoisi et selle de velours ; mais elle soulève encore aujourd'hui le même nuage de poussière blonde d'où surgissent les bêtes folles de cris et de poudre, crins horizontaux, flancs ensanglantés, bouches baveuses, poitrail trempé de sueur, la queue en trompe, parmi les youyous du douar, avec les femmes groupées comme le chœur antique. Les fusils ne sont plus les belles armes de jadis, nacrées et niellées, mais ils ne s'envolent pas moins, rattrapés à la retombée par un cavalier penché sur l'encolure, les rênes entre les dents.

« Le fils du Pacha, sautant à terre après s'être désemboîté de sa selle, fut entouré de tant de louanges qu'il recommença souvent à se montrer en tête de toutes les fantasias. Mais, de ces chevaux généreux, trop brusquement assis sur les hanches, dans des arrêts d'une effrayante brutalité, ces fêtes ont vite marqué le déclin. Caïd, la bouche arrachée, fourbu des membres, tomba boiteux. Une terrible boiterie, visible au trot et au pas. Impatient et vaniteux, le jeune garçon s'énerva : « Qu'on vende Caïd ! » dit-il. Caïd fut donc emmené au marché, du côté des souks aux vieux habits. Les chameliers et les maquignons lui regardèrent les dents et les membres. A la fin, il fut acheté par un loueur de voitures.

« Caïd, cheval de fiacre ! Caïd entre les brancards, attelé avec une carne ! Sur la place de France, il attendait les clients qu'il emmenait à l'hôtel ; là, il attendait encore, pour conduire d'autres gens au port. Quelle condition obscène que cette vie urbaine ! Heureusement, il y avait parfois des trajets en banlieue, plus loin que la médina. Aussitôt Caïd humait l'air du large, celui des pâturages, des touffes de romarin et d'absinthe sauvage ; le cri strident des cigales, le chant des moustiques lui rappelaient la vie sous la tente ; il retrouvait le vol silencieux des corbeaux, le hurlement des chiens, la rencontre des ânes, écrasés sous le charbon de bois ou sous le poids d'un Arabe à califourchon, un orteil retenant la babouche. Caïd reprenait des forces, en quelques instants, dans ce paysage familier ; il tirait son compagnon de trait, il tirait le fiacre, même si le cocher avait serré le sabot des freins ; il eût arraché l'Atlas du sol ! Tant et si bien qu'il se rendit finalement impossible. « Rien à faire avec « Caïd, dit le loueur. Je croyais avoir un che- « val usé ; il pète le feu. » Il alla trouver M. Wildmann qui tenait un manège à Casa : « Caïd est trop gai, veux-tu me l'échanger « contre un cheval plus calme ? »

« M. Wildmann accepta, et Caïd fit son entrée au manège. Jamais il n'avait connu pareils soins : on lui grattait la fourchette, on lui arrosait les membres à la lance après le travail, on lui tressait les crins, et même la queue en catogan. Il se laissait martyriser par les débutants. Lui qui pouvait être si riche en ingénieuses défenses subissait tout sans broncher. Un autre cheval se serait encapuchonné, aurait pointé, s'alourdissant, insensible à la main, une bouche de fer, ou très méchant. Avec une patience d'ange, Caïd attendait l'heure bénie du débouclage de la sous-gorge, de l'enlèvement de la gourmette, bref, l'exquis instant où il sentait sur sa tête passer la bride, aussitôt remplacée par le licol. Parfois une petite écuyère mettait ses lèvres sur son nez rose, parfois un morceau de sucre ; maigres compensations pour tant de maladroits coups de sonnette au bridon, d'aides contradictoires, d'invraisemblables ruptures d'équilibre.

« Parfois s'offrait à Caïd l'occasion d'une promenade non accompagnée ; il profitait d'une porte entrouverte, d'un instant d'inattention, à la ferrade ou ailleurs. Dans le quartier bas, il croisait de belles juives aux yeux romantiques, devant la fontaine ; il contournait le cimetière aux tombes barbouillées de chaux bleue.

« Par-dessus le mur, c'était le psalmodiement des enfants et le bruit des clochettes de cuivre du marchand d'eau... Les sabots de Caïd sonnaient creux sur les pavés ; il arbitrait parfois une bataille de chevaux, puis, au galop de charge, il revenait, sous la lune, au manège, par les ruelles désertes. Il connaissait le monde, la richesse et la pauvreté, les selles de velours et les simples tapis en peau d'autruche, le bien et le mal. Il avait tout vu, ce jeune philosophe.

« Ou, du moins, il le croyait.

« Ayant besoin d'un cheval calme, ajouta Roxane, car je venais de faire une mauvaise chute, et j'étais encore très sonnée, j'allai en demander un à M. Wildmann. Il m'offrit Caïd. « Un vieux canasson », faisaient mes amis.

« Maigre, oui ; vieux, non, répondais-je. Il a « connu des temps difficiles, c'est tout.

« Et Caïd entra dans ma vie.

« Nous galopions un jour à travers champs; voilà soudain un grand mur de pierres. « Chiche ! » me crie-t-on. Je croyais Caïd trop faible ; néanmoins je le pressai, et il se laissa embarquer, à une allure de steeple, en un vertical sec, par-dessus le mur. « Il faut acheter « ce cheval », dis-je à mon mari. Je l'achetai, assez cher. Je lui fis parcourir les cent milles qui séparent Casa de Rabat, où était alors notre écurie de courses. Tout débile et efflanqué qu'il était, Caïd fit le voyage en vingt-quatre heures.

« J'arrive maintenant à 1939, peu avant la guerre, continua Roxane ; nous étions rentrés en Belgique au printemps, emmenant notre écurie... et Caïd par-dessus le lot. En mer, par gros temps, les chevaux tombaient, il fallait les attacher serré. Seul Caïd avait le pied marin, savait donner du mou. « Quelle intel« ligence ! Quel courageux ! » s'écriait l'équipage. On n'avait jamais vu ça : mon Caïd se balançait avec la vague !

« Voici donc Caïd à Bruxelles, un Caïd de cent kilos, avoiné, lui qui, comme tous les arabes, n'avait connu que l'orge. Il fut mis à l'entraînement, inscrit dans un concours, où il sauta 1,85 m. Jamais il n'avait été plus beau ; plusieurs personnes voulurent l'acheter, mais je refusai, car il était devenu un ami. Il suivit les chasses, connut les bois, les rivières, de vraies rivières, avec de l'eau, et non des oueds ; autant de nouveautés pour lui. Sans s'étonner, il chassait admirablement, toujours derrière les chiens. Mieux encore : un joueur de polo me demanda de le lui confier. « Je ne sais s'il tiendra trois *chukkas*, « mais essayez toujours. » Caïd se comporta en véritable poney, levant les pieds au bon moment, évitant les maillets, partant comme un coup de feu, s'arrêtant pile, faisant ses voltes sous les angles les plus stupéfiants.

« Vint la guerre. Lorsque nous rentrâmes au Maroc, mon Caïd, je dus le laisser en Flandre, à ma ferme. Il fut réquisitionné, puis, à l'armistice, les Allemands le prirent pour leur artillerie. Nous ne sûmes plus rien de lui.

« Cinq ans plus tard, de retour en Belgique, le hasard voulut que j'allasse un soir dans un grand cirque. Au milieu d'une entrée de pitres surgit un cheval blanc harnaché de cuir blanc, avec un bouquet de plumes sur la tête. Il sauta dans les feux de Bengale, valsa, s'arrêta aux feux rouges, repartit aux feux verts, bref toutes les clowneries imaginables. Bien qu'enrêné comme le sont les chevaux au cirque, il sauta 1,80 m comme rien, au milieu des bravos.

« — Vous le reconnaissez ? fit un de mes « amis.

« — Moi ? non.

« — C'est votre Caïd !

« — Non. Caïd est mort à la guerre. D'ail- « leurs Caïd était gris-argent, et ce cheval est « blanc.

« — Les chevaux blanchissent en vieillis- « sant. »

« J'allai à l'écurie : c'était bien Caïd, avec ses deux yeux asymétriques, sa façon de dilater ses naseaux roses sous la caresse, cette habitude de cadencer... Le directeur du cirque m'apprit qu'il l'avait acheté aux enchères, au lendemain de la guerre.

« Une fois de plus, Caïd fut à moi. Il revit sa terre natale. Il y a maintenant dix ans que je le ramenai au Maroc. Il est encore monté tous les jours, malgré son grand âge.

— Il a bien mérité de se reposer.

— Caïd connaîtra-t-il jamais le repos ? L'an dernier, les enfants, manquant de poneys, me le demandèrent pour un concours hippique. Monté par un garçonnet de douze ans, Caïd boucla son parcours sans une faute. Cette année, je l'ai prêté à Pat, la petite que vous venez de voir. Voici les couleurs de l'Eire au mât... C'est son troisième concours de l'année. Cela suffit. J'ai décidé d'accorder à Caïd la médaille des vieux serviteurs. Il ne courra plus, mais, comme étalon, il va rendre encore des services. Je lui réserve une belle jument grise, avec un regard encore plus éclatant que le sien... Qui sait si, l'an prochain, à l'ombre de cette écurie, Caïd ne regardera pas son fils Caïd II se roulant ici, sur le sable ? »

LE COUCOU
ET LE ROITELET

Le marquis de M... ne fut pas un mari trompé, puisque la marquise ne laissa à aucun des intermédiaires habituels, hasard, lettre anonyme, ami dévoué, correspondance surprise, soubrette infidèle, le soin de lui apprendre son infortune ; mais pas davantage il ne fut — quoi qu'en ait cru ou dit l'Europe — complaisant à sa femme par intérêt, indifférence ou lâcheté. Cet homme impérieux, hautain et dur avec ses inférieurs, impitoyable pour ses égaux, supporta sans broncher pendant les longues années que dura la liaison de sa femme, les humiliations.

Je ne tente pas ici de le réhabiliter tardivement, mais seulement d'expliquer les raisons de son apparente insensibilité à l'outrage.

Le marquis ne possédait pas seulement la plus belle femme, mais aussi le plus beau palais de Vitoria. Par la bouche de la marquise, le mari apprit une double et pénible nouvelle ; c'était au moment où Joseph Ier établissait son quartier général sur l'Ebre.

« Il me semble, dit le marquis à sa femme, que Sa Majesté vous fait la cour ?

— Cela est bien naturel : il est mon amant.

— Et vous osez, madame, proclamer votre ignominie, ici, dans ma maison ?

— La maison n'est présentement plus à vous ; Sa Majesté pouvait la réquisitionner ; Elle a le bon goût de vous en offrir trois cent mille francs. »

C'est ainsi que le monarque s'installa dans l'hôtel de M... et que la marquise en resta la maîtresse, ainsi que du cœur du roi.

A table, les époux échangeaient, à travers le surtout qui figurait une caravelle d'argent, des regards atroces.

« Je le tuerai, songeait le marquis, je tuerai Pepe-la-bouteille, cet ivrogne, ce frère dégénéré du Corse maudit ! » Il ruminait de terribles projets d'attentat quand une fanfare éclata soudain dans son cœur ; à sa rage primitive se mêlait une jubilation sortie du plus profond de sa bassesse ; une pensée l'illuminait, le laissant prosterné, rayonnant, rampant : un roi distinguait sa femme, un roi honorait sa maison !

Le mot *snob* serait, dit-on, l'abréviation du latin *sine nobilitate* que les maîtres des collèges anglais médiévaux inscrivaient en tête des devoirs de leurs élèves de naissance obscure, et l'on n'ignore pas les raisons ni les conséquences de cette discrimination. Le marquis de M... était de bonne maison ; son snobisme n'en était pas moins éclatant ; il lui collait à la peau comme la résine aux doigts ; il lui sortait par tous les pores. Cette passion, que l'on eût comprise chez un homme de basse condition, mais chez lui si étrange et si forte, allait lui valoir une vie d'avanies, en place de la considération due à son rang, et en faire le plus glorieux d'une cour régie plus qu'aucune autre par l'orgueil. Si son amour offensé n'eut jamais sa revanche, c'est qu'à ses yeux un monarque, même déchu et précipité, ne cesse jamais d'être d'essence divine et capable de guérir d'une main les blessures faites de l'autre.

Le marquis avait eu dès l'enfance la passion de se distinguer au service de la Couronne. La nature l'avait fait naître courtisan. « Qu'as-tu, mon enfant ? » demandait sa mère en l'entendant soupirer. « Je voudrais être chambellan du prince des Asturies. » Il avait cinq ans : il ne fut que page et menin, sans jamais monter plus haut. Ami des lumières et connaisseur en hommes, Charles III l'avait ignoré ; ingrat et stupide, Charles IV ne l'avait pas davantage distingué ; quant à Godoy, plus roi que le roi, il ne pensait qu'à lui et aux siens.

Il resta au marquis à jouer les palatins en province, à approcher quelques infants en voyage, à dérouler quelques marche-pieds de carrosses princiers. A l'heure où les gentilshommes se faisaient démocrates et où l'Europe abattait ses rois, lui les vénérait tous, indifféremment, et pas seulement les Bourbons. Il se fût ruiné pour entretenir n'importe quel dynaste. Il avait la maladie des rois, des princes du sang, de tout ce qui le courbait en révérences ; son appétit insatiable, il l'apaisait un instant en disant : Sire, ou Votre Altesse Royale, aux détrônés qu'il rencontrait à l'auberge, même à ce petit-fils de l'Inca qui avait été son condisciple chez les Pères. Il en eût remontré pour l'étiquette à la camerera mayor. Grenouille prosternée devant le soliveau, toute couronne lui était auréole.

Mais nous devons penser que, les premiers temps, cette passion ne suffit pas à équilibrer la fureur jalouse dans le cœur du marquis, car il songea très sérieusement à faire occire son rival ou, en langage du temps, à recourir au stylet des sicaires ; nous sommes en Espagne et non à Naples ; offrir son poignard pour venger l'honneur d'un époux n'a rien que de méritoire ; le marquis eût trouver sans peine quelque vertueux assassin. Mais d'abord il voulut être sûr que la marquise ne s'était pas vantée.

Un soir qu'il la savait en compagnie du roi, il posa son oreille contre la porte de ce qui était jadis la chambre nuptiale et était devenue la chambre royale ; il l'entrouvrit doucement. Ce qui frappa ses yeux, ce fut, étalée sur le dossier d'une chaise, une grosse couronne fermée, de celles que ne détestaient point les Bonaparte, brodée sur la chemise de linon dont Joseph n'avait momentanément plus besoin. A la fois rassuré, comblé et anéanti, le marquis se contenta, comme tout le monde, d'assassiner en rêve...

Ainsi commença pour la femme un attachement qui dura des années et, pour le mari, le chemin d'un déshonneur pavé d'honneurs ; couvert de distinctions qu'il fallait payer par autant d'avanies ; doré de décorations, majordome, chambellan, gratifié enfin de cette grandesse même que les Bourbons ne lui avaient pas octroyée, le marquis ne cessa jamais d'être atrocement jaloux, et, en même temps, de s'abandonner à son snobisme ; la merveille est que cette passion le combla en mêlant à son malheur un bonheur absurde, mais profond et constant qui, anesthésiant les élancements de la jalousie, lui fit oublier jusqu'à la réprobation dont il était l'objet. Les souffrances d'un mari contraint de partager sa femme sont moins souvent l'effet de sa blessure intime que celui d'une déconsidération publique qui a d'ailleurs perdu son sens depuis que l'opinion ne tient plus pour rien la pureté du sang, mais qui est entrée dans les mœurs. Ce qui rend ce cas-ci digne d'être signalé, c'est qu'il obéit à une règle inverse. Tout le temps que dura la liaison de Joseph Ier avec la marquise, le mari ne cessa de s'en torturer ; mais cet Othello pouvait être, et fut soulagé de son mal, par l'application d'un remède plus énergique que le désespoir ou la vengeance, et qui ne prenait justement tout son efficace que dans la plus vaste publicité donnée à l'adultère. Ainsi le marquis créa-t-il un personnage comique, frère de Polichinelle et de Scaramouche, du Barbouillé et de Bartolo, le jaloux snob, le mari ulcéré de voir un homme coucher dans son lit, mais glorieux de ce que cet homme est un roi...

Le temps passa ; la cour revint à Madrid. La marquise était de toutes les fêtes ; elle jouait à la reine, la reine Julie, la vraie, refusant de venir en Espagne ; elle avait sa cour, elle avait son escorte, elle avait son roi ; ses doigts se faisaient aussi légers pour caresser la belle chevelure frisée de Joseph que pour effleurer les cordes de la harpe. Vive, enjouée, parlant à son cœur en plusieurs langues, elle fut une de ces diablesses d'esprit affranchi comme Madrid en vit beaucoup à la fin du XVIIIe siècle, comme il n'y en avait jamais eu auparavant, comme il y en eut bien peu depuis. Elle était douée de ce sixième sens qu'on ne saurait appeler le sens moral, mais qui était le bon sens.

Le mari escortait le couple adultère ; cette communauté équivoque qui l'éclaboussait, en même temps l'illustrait. Certains ne laissaient de l'admirer, le louant de mettre si haut la gloire de son rang, que rien ne le pût plus avilir. Il se pavanait dans les salons du Palais d'Orient comme un financier qui a obtenu la concession d'une mine, de compte à demi avec le souverain. Toute la ville s'en gaussait : il le savait, il le voulait ainsi ; pour affirmer son opprobre plus rageusement encore, il voulut être le premier à en rire : le jour où il fut nommé grand d'Espagne : « Voyez comme Sa Majesté m'a bien coiffé ! » dit-il en se couvrant devant le roi de son chapeau à plumes. Ainsi enflait-il sa honte comme un bouffon ses joues.

Parfois le marquis était envoyé en mission ; non pas qu'il gênât, on ne pouvait être moins embarrassant, mais il se gênait lui-même ; il lui arriva de ne plus pouvoir supporter les rires des autres, ni le sien propre ; le burlesque de son personnage lui devenait intolérable ; la médecine de la vanité cessait pour un temps d'agir, et si son élévation vexait toujours autrui, elle ne le faisait plus triompher. Il changeait alors de décor, fréquentait des lieux et des gens ignorants de sa situation et qui ne voyaient dans le rouge de son front que le reflet de la pourpre royale.

Soulagé, apaisé, rafraîchi, il retournait à Madrid. Là sa félicité et son tourment recommençaient. Aller du fond de la honte aux sommets de l'apothéose est un exercice épuisant ; il y entraînait, jusqu'à la contorsion, son naturel sauvage ; mais de l'excès du mal naît parfois le remède qui permet de le supporter. A bout de forces, le marquis dut sentir en lui le sang d'un ancêtre relaps, ployé humblement devant l'Inquisition, absous par elle et faisant souche en Navarre trois siècles plus tôt ; avec quelle voluptueuse joie cet aïeul avait dû mettre la tête dans le carcan ! Comme lui, par un de ces mystères de l'âme qu'engendre la torture, le marquis sentit qu'autant, et même plus que son éminence, il devait jouir de son abaissement. Il s'abolissait dans la contemplation de l'astre. La passion courtisane qui le jetait aux pieds du roi devint de la passion tout court, jusqu'à imiter les manières de Joseph, la coupe de ses cheveux, son vocabulaire dans ce qu'il avait de princier, non dans ce qu'il avait de simple, car la simplicité il la détestait, lui préférant l'insolence des généraux parvenus, comme ce Soult que Bernadotte empêchait de dormir et qui, lui, rêvait d'être roi, au Portugal ou ailleurs. Le marquis aima être dédaigné par eux ; il lui plut d'être compté pour rien.

Cet homme d'une volonté de fer cachée sous la plus douce flexibilité eût pu faire servir ces dons, d'ailleurs assez communs, à satisfaire un appétit de puissance ; mais sa jouissance suprême n'était pas dans l'autorité. A maintes reprises, il eut l'occasion de tenir au roi un langage ferme ; il ne la saisit jamais, ne voulant en rien diminuer une distance, entre le souverain et lui, qu'il souhaitait infinie.

Depuis qu'il s'était fait le concierge galonné de son déshonneur, la noire vérité lui était cachée par la blancheur de l'hermine. A son cousin, le duc de Manzanarès qui, un jour, s'était aventuré à lui faire quelques observations, il répondit : « Ma conduite doit être réglée pour faire concourir toutes choses à la gloire du roi. »

Heureux de sentir sa tête sous le talon d'un maître, il n'était bien qu'à plat ventre, comme certaines voluptueuses.

*
**

Les années passaient. Le caressant Joseph plongeait la belle peau mate de son corps dans les vagues des draps de dentelle et promenait ses yeux de velours noir sur les déesses aragonaises, sévillanes ou asturiennes. En elles, il avait fini par aimer son royaume, et même il se montrait d'autant plus fidèle à l'Espagne qu'il l'était moins à ses Espagnoles. Napoléon s'impatientait ; les deux frères s'insultaient par lettres. Les affaires de l'autocrate n'allaient pas bien ; Joseph prenait de l'indépendance jusqu'à taquiner l'Empereur. « Vous avez, mon frère, trop d'esprit pour les circonstances », criait Napoléon irrité.

La tête du roi Joseph au profil antique s'enfonçait dans les oreillers de plume comme dans le marbre de Canova ; la marquise entendait son amant rêver tout haut : « Un jour ou l'autre, il faudra songer au départ... » Elle y songea pour son propre compte.

Un matin, la marquise entra dans la chambre de son époux d'un air condamné qui eût tiré des larmes au bourreau.

« Je pars, dit-elle, je quitte Madrid.

— Vous rentrez à Vitoria ?

— Non, je m'exile. Ma condition présente est la pire qui soit. Le roi ne m'aime plus. Une femme de qualité ne condescend pas à la seconde place ; une grande amoureuse n'accepte pas de devenir une amie. Vous rougiriez de moi si je restais. Je pars pour Paris.

— Vous êtes folle ! cria le marquis avec fureur. Quitter le roi ? Vous levez-vous la première quand Sa Majesté vous donne audience ? On ne quitte pas un roi, on en est quittée.

— Il me trahit tous les jours !

— Ne m'avez-vous pas trahi pendant quatre ans ?

— Ah ! je ne le sais que trop ! J'ai commis une grande faute, une grande erreur.

— Eh, madame, j'ai accepté votre faute ; je n'accepterai pas votre erreur. »

Le marquis sentait le palais lui tomber sur la tête. Il avait mis toute sa confiance en cette épouse adultère et dans la victoire du frère de Napoléon ; il se reposait sur elles de son destin ; il avait vu le roi se passer de ses ministres, mais jamais il ne lui était venu à l'idée qu'il pourrait se passer de la marquise.

« Madame, vous renoncerez à cette lubie et resterez ici.

— Monsieur, ma décision est prise et je pars. Donnez-moi de l'argent, s'il vous plaît.

— De l'argent pour partir ! Jamais !

— Eh bien, monsieur, puisque vous avez juré de m'être désagréable, je me ferai payer mon congé par Joseph. »

Au sortir de la messe, le marquis, tremblant d'indignation et d'appréhension, se présenta devant Joseph Ier.

« Sire, dit-il, j'ose à peine faire part à Votre Majesté d'un projet blâmable au plus haut point qui vient de m'être soumis, mais que je saurai empêcher avec l'assentiment du roi. La marquise parle de quitter la cour pour s'exiler à Paris ! »

Le souverain n'eut pas l'air ému :

« Vous savez, monsieur, l'amitié que j'ai pour vous et mon désir de vous satisfaire en toutes choses, mais vraiment, souhaitez-vous que nous encagions ce que nous sommes impuissants à apprivoiser ? La marquise veut prendre son vol : pourquoi ne pas la laisser faire... si elle le peut, car il m'a semblé qu'elle commençait à beaucoup engraisser.

— Est-ce la volonté de mon roi que je m'incline devant un caprice de mon épouse ?

— Mon cher, une femme entre dans votre

vie : c'est merveilleux ; elle en sort : c'est providentiel ! »

Le marquis se redressa :

« Que la marquise parte et que vous y consentiez, soit, mais moi, je reste ; je me dois au service de mon souverain.

— Je vous rends grâce, marquis, de votre dévouement. Il semble bien que le sort nous ait faits l'un pour l'autre, si même il a choisi pour cela d'étranges chemins. Soyez remercié et demeurez avec moi autant qu'il vous plaira... Sous ce rapport, vos compatriotes ne m'ont pas gâté. »

Le marquis sortit du palais et rentra chez lui dans un état d'extrême confusion. Sous l'œil du roi, il perdait toute réaction personnelle, devenait le serviteur idéal, passif à souhait. Mais quand il fut dans sa maison, quand il eut desserré son habit et sa contrainte, qu'il se retrouva entouré de ses coffres à serrure secrète, de ses fauteuils qui, avec leurs bras vides, semblaient l'appeler pour le consoler, de ses livres de raison à fermoir, de ses tapisseries blasonnées, de ses tableaux de famille, des recoins de son passé et de toute sa vie, il examina la situation. Il était profondément vexé de voir sa femme abandonnée par son amant ; les années seules peuvent conférer à une liaison, sinon l'honorabilité, du moins la respectabilité des situations durables ; de même que les gouvernements les plus régicides finissent par être reconnus des cabinets étrangers, de même son cocuage consacré avait-il pris, avec le temps, la belle patine des maladies chroniques.

Le mari, rentrant chez lui, redevint brusquement le marquis de M... et le maître de la belle marquise. Un portrait en pied de celle-ci ornait un mur ; il se plaça devant et contempla ce visage séduisant avec le regard que devaient avoir ses ancêtres sous leur dais de justice. Cette femme lui avait empli le cœur ; allait-il s'en séparer, comme il l'avait proposé au roi dans un élan de servitude passionnée ? Impossible... impossible !... Mais il ne retrouvait plus la douleur sauvage de jadis. Il sentait que sa protestation s'affaiblissait peu à peu.

Il s'efforça alors d'imaginer le départ de la marquise, la berline sous les malles, et s'étonna de ne pas souffrir. Elle partie, qu'y aurait-il pour lui de changé ? Il commençait à comprendre que depuis longtemps déjà il ne la voyait plus que par les yeux du roi ; le roi s'éloignant d'elle, elle perdait de sa substance, devenait floue, irréelle, toute petite ; quelle place tenait-elle auprès de lui, sinon celle, puissante il est vrai, d'un grand tourment ? Mais ce tourment s'évanouissait avec celle qui le causait. Une sorte de paix froide et douce entrait dans l'âme du marquis. Dans un jour ou deux, pensa-t-il, la marquise ne sera plus là. Le va-et-vient continuel qui l'entourait, son agitation égoïste et frivole, les mots durs qu'elle lui lançait au passage comme si elle lui cassait son éventail sur le nez, tout cela aurait cessé. Et lui, il serait seul, seul enfin avec la dernière, la plus vraie de ses passions.

La marquise ayant, avec le flair habituel des femmes, abandonné à temps la nef royale en perdition, s'occupa de son installation en France. Elle pensa d'abord acheter à Mme de Gontaut une terre près de Pau ; mais l'Histoire s'accélérait et Paris lui parut plus sûr que la frontière. Brûlant les étapes, elle y débarqua tout droit. L'année d'après la trouvait à l'hôtel Napoléon, dans la rue du même nom, aujourd'hui rue de la Paix. Elle se consolait dans les bras d'un jeune officier de la garde joséphine, ultime et frêle lien avec le passé.

Quand l'Histoire se tait, la fiction reprend ses droits. Elle pourrait montrer le marquis retiré à Vitoria, s'efforçant d'y faire oublier sa trop rapide fortune ; ou bien réfugié en France auprès de sa femme, comme tant d'autres Espagnols qui jouèrent la carte napoléonienne, et ainsi abandonnant la salle en emportant son bénéfice de mari commode ;

cependant que José Primero, qui a repassé la Bidassoa et quitté son royaume, quitté l'Espagne et la France, et Mortefontaine, et aussi quitté son nom, pour s'appeler le comte de Survilliers, franchit une frontière, démocratique cette fois, pour aller chercher asile à Prangins, sur le lac Léman. Les châteaux en Suisse remplacent les châteaux en Espagne.

Les faiseurs de romans auraient ici beau jeu à inventer ; entre Paris, l'Espagne et l'Helvétie vont-ils construire un triangle neuf où distribuer le mari, la femme et l'amant ? Ou bien resteront-ils fidèles à la vérité des personnages et montreront-ils le marquis, que l'on ne saurait priver de monarque, vivant à l'ombre d'un trône qui lui-même n'est plus qu'une ombre ?

A Prangins, Joseph Bonaparte se promène dans des jardins qui ressemblent à ceux des Champs-Elysées, séjour des morts. Il installe sur les murs les tableaux de Murillo qui ont échappé à Wellington et dispose des panoplies de fusils andalous. Il suit à la longue-vue le vol des cygnes sur l'eau où se reflète le mont Blanc, vol lourd des ailes qui claquent avec un vilain bruit de bois, auquel il compare l'aisance des cercles planés de l'Aigle. Il va prendre le thé chez sa voisine de Coppet, Mme de Staël, qu'il a toujours défendue contre son terrible frère ; il invite à dîner un autre roi, mais non déchu, Talma.

Le roi sans couronne ne règne plus maintenant sur les Amériques, mais sur un potager et sur une pelouse avec un jet d'eau. Il dîne seul ; on entend le bruit triste de sa fourchette, qui se répercute contre la boiserie. A une table voisine dîne le marquis. L'argenterie aux armes de Castille, sommée d'un J, luit sur le dressoir. Elle luit et luira de moins en moins : chaque jour le marquis emporte une soupière ou un plat à Genève, où il les vend en sous-main à un orfèvre ; bien que riche, Joseph Ier a besoin d'appoint pour faire l'aumône à ses fidèles en exil.

Dans le fond de son cœur, le marquis souhaite que son roi soit ruiné, pour l'avoir à sa merci ; il achèterait une petite maison à Ouchy et il recueillerait le monarque malheureux. Avoir un roi chez lui ! Quelle félicité ! Quelle exquise revanche ! Un roi n'est jamais dans votre maison puisqu'elle devient la sienne dès qu'il y entre ; c'est cette dépossession naturelle qui enchante le marquis et met le comble à sa jouissance. Le roi lui prendra sa maison comme il lui a pris la marquise, par un effet du droit divin contre lequel nul ne peut rien.

De Genève, ayant fait son marché, le marquis revient à Prangins, soit par les bords du lac, soit par les coteaux couverts d'échalas ; pourquoi d'aussi jolies vignes font-elles un vin si faible, comparé au Valdepeñas ? A sa gauche s'élève le Jura, à sa droite le mont Blanc ; le lac les sépare, pareil à un toit d'ardoise. Le Jura avec sa masse simple, dure, au profil impassible, ressemble à un visage suisse ; le mont Blanc ravagé de passions, formidable et déchiré, ressemble à un visage de Français. Quel silence, quelle paix infernale ! dirait Mme de Staël.

Dans les environs de Coppet, il rencontre parfois sur la route un cavalier singulier qui prend des notes à cheval et laisse les rênes traîner à terre ; c'est M. Constant de Rebecque. Les fenêtres du château sont fermées, soit que Corinne, ayant trop pris de pilules d'opium, dorme tard, soit qu'elle ait échappé à « cette agréable tombe » et ait couru à Paris. Qu'ont donc toutes les femmes à n'aimer que Paris ?

***

« Marquis, j'ai un client pour votre hanap de Charles Quint », dit M. Bautte.

M. Bautte était un grand horloger de Genève. Il traitait les princes de pair à compagnon, affichait l'habit et le parler républicains, disait à la reine Hortense : « Ça, la reine, il fait si tant beau que je vous vâ prômener dans ma diligence », mais il se permettait des raffinements qui l'eussent mené pendre au temps de Calvin, faisait sculpter ses bûches, parfumer à l'eau de Cologne sa boutique, et « la diligence » était agrémentée d'une boîte à musique. La vente des montres aux policiers et aux douaniers français l'avait enrichi.

Le client annoncé était un petit homme d'aspect insignifiant, mais proprement vêtu et parlant le langage des gens bien élevés. Il offrit une belle somme pour le hanap et laissa entendre qu'il en faisait l'acquisition pour son ami, le ministre de France à Zurich, collectionneur de pièces rares. Le marquis en avait-il d'autres ? On pourrait convenir d'un second rendez-vous...

Cette fois l'ami du ministre, qui, par le fait, n'était qu'un des nombreux espions dont la Légation disposait autour du château de Prangins, s'ouvrit plus largement. Il avoua que son chef s'intéressait au roi Joseph, et qu'en cela il était l'intermédiaire d'un personnage beaucoup plus haut placé, M. de Talleyrand, ministre des Affaires étrangères du roi Louis XVIII, désireux d'avoir « de bonnes nouvelles » du frère de Napoléon.

« J'en parlerai à Sa Majesté, dit le marquis.

— Oh ! monsieur, vous ne voudriez pas mêler le roi Joseph à ces conversations !... Non, non, c'est de vous seul que le prince de Bénévent, qui met les bouchées doubles pour plaire à son maître, voudra tenir des rapports sur l'état d'esprit de l'ex-roi d'Espagne, sur la compagnie qu'il reçoit... et caetera », ajouta-t-il.

Le marquis rentra au château fort troublé ; il n'était pas si naïf que de n'avoir pas compris. A Prangins, des émissaires arrivaient tous les jours d'Amérique, d'Italie..., de l'île d'Elbe surtout. Assurément, il était en mesure de servir Louis XVIII, un vrai roi, un vrai trône, enfin, et qui sait, à travers lui, peut-être obtiendrait-il le pardon des Bourbons d'Espagne ? A l'idée de reparaître à la cour de Madrid, l'esprit tortueux du marquis bascula d'emblée dans le double jeu. L'ancien ressentiment ressuscita dans son cœur : il tenait sa revanche, et du même coup, une allégeance nouvelle... Ce qu'on lui demandait, d'ailleurs, était-il si noir ? Rester au château, veiller au bien-être de José Primero, tout en écrivant quelques rapports...

Le soir même, à la lueur d'un quinquet, il rédigea son premier billet. Il avait le cœur en paix : son faible, c'était de servir un roi ; son fort, ce sera d'en servir deux.

UN CHAT NOMMÉ GASTON

En 195... le duc de Carabas étant mort, son fils unique venait d'être envoyé en possession de tout l'héritage. C'était un jeune homme rousseau, et qui paraissait tout triste d'être ainsi distingué par la couleur de son poil, ayant table frugale et mauvais estomac, toujours en voyage, las des plaisirs issus d'une bourse intarissable, et qui soutenait, sans goût ni magnificence, la gageure d'une fortune si immense ; écrasé de yachts, de châteaux pointus, de dividendes, de chasses au lion, de cocktails, d'amis intimes, de serres à orchidées et de voitures à trois carburateurs, il était l'éternel fatigué, ahanant comme un soufflet percé ; courbé sous le poids d'une longue suite d'ancêtres, l'âme serve, le teint vert, il promenait par le monde (car il était incapable de fixer quelque part son tabernacle) une mine de déterré ; il ressemblait à un lapin myxomateux, sucé par une belette. Sa bouche tordue, comme si, sous le sucre, il ne pouvait se débarrasser du fiel de l'existence, ne laissait échapper que des propos amers, méfiants, avares ; car il était avare de tout. Carabas n'aimait rien, il n'aimait personne, pas même un très vieux chat qui appartenait à la famille depuis toujours et qui se nommait Gaston.

Gaston était vraiment un très vieux chat. Sa queue, jadis superbe panache, ne ressemblait plus qu'à une queue de poêle. L'herpès et l'eczéma le rongeaient ; au point qu'en le voyant on pensait au mot de Rimbaud : « Empereur, vieille démangeaison. » Il avait beau être de tous les grands cercles, le « Persian Cat Club », la « Société des Amis des Chats », le « Cercle Félin de Paris », personne n'aurait fait attention à lui si d'obscures légendes n'avaient couru sur son compte. On affirmait que la famille de Carabas lui devait sa fortune. On prétendait aussi qu'il avait pu jadis faire des bonds de vingt-huit kilomètres ! Cela étonnait moins en notre âge interplanétaire, mais on faisait semblant, par bonne éducation, d'être émerveillé devant cet antique chat, incapable d'attraper une souris... Il n'était certes plus question pour lui de se pendre, comme jadis, par les griffes ! Tout le jour il dormait, rendu bossu par l'habitude du gros dos, les pattes en manchon, la langue pendante, le nez au sol ; blasé, las de voir son image reproduite partout, gravée sur l'argenterie, sculptée aux frontons, inscrite dans le blason, il ne remuait l'oreille que dans les cas graves ; à cause du mou, on ne remarquait pas qu'il n'avait plus de dents ; il gardait l'immobilité des rois et de tous les animaux totémiques. Néanmoins, le chat avait conservé son esprit agile ; ses moustaches démesurées lui servaient d'antennes ; il est rare que les chats deviennent gâteux comme les chiens ; Gaston continuait à voir les choses de haut : atavisme des gouttières.

« Vous héritez l'énorme fortune des Carabas, mon maître, dit le Chat ; vous n'avez plus besoin de moi pour protéger la famille. Je n'ai désormais qu'à me reposer comme mes congénères sacrés de Bubaste, dans quelque nécropole historique sur laquelle vous graverez cette épitaphe britannique : REQUIES ! CAT.

— Plus que jamais je vais avoir besoin de toi, mon vieux père ! s'écria le jeune duc. Pense aux énormes frais de succession qui m'attendent ! Tu en es un peu responsable, car si je vais être écrasé d'impôts...

— C'est parce que vous êtes riche ?

— Oui, mais si je suis riche, c'est parce que tu l'as bien voulu. Ne meurs pas sans avoir sauvé ce que tu créas.

— Fiez-vous à moi, dit le Chat. Comme jadis je savais rester coi en me cachant dans la farine, de même ferons-nous le mort quand viendra le fisc. Mais, pour commencer, je m'en vais aller faire ma cour au roi, afin de le bien disposer. J'y ai toujours réussi ; je me rappelle le temps où j'apportais à son arrière-grand-père du gibier, de la part de feu le marquis de Carabas, votre ancêtre. Au revoir. A bientôt. Et si quelque visiteur tire la sonnette, faites comme les députés millionnaires : mettez votre plus vieille robe de chambre et ouvrez vous-même. »

Très talon rouge, le Chat alla gratter à la porte souveraine.

« Je suis charmé de te voir, lord Minet dit le roi, ton avis me sera précieux ; tes conseils, on le sait, n'ont pas de prix.

— Le roi me fait-il patte de velours ? dit le Chat avec une révérence... Venons au fait, Majesté.

— Le fait, c'est que je n'ai plus le sou : ma liste civile a été réduite à rien par les socialistes, les bijoux de la Couronne sont inaliénables et mon spectre, je vais être forcé de l'envoyer au mont-de-piété. En un mot, ma fille est sans dot. Rois et princes, aujourd'hui, réfugiés à Lausanne ou embringués dans de sots mariages, que ferai-je ? Vois-tu un parti pour elle ?

— Sire, je crois deviner que vous pensez à Carabas.

— J'y pense, ronronneur, et j'espère que tu m'aideras. »

Une alliance royale, jadis, était glorieuse ; de notre temps, elle est catastrophique ; un roi dans la famille, c'est la ruine. Le Chat ne se sentait pas la force de fonder à nouveau une fortune, non plus seulement pour un maître, mais pour la portée de petits rois qui allaient en sortir.

« Sire, dit-il, je suis trop vieux pour entreprendre cette tâche.

— Toi, vieux ! Un vrai tigre et d'une surprenante jeunesse !

— Pas de chatteries, dit le Chat, je m'enivre facilement... Et puis, à quoi bon ? Mon jeune duc, hélas ! ne vaut pas plus que vous : il est ruiné.

— A d'autres ! Je changerais bien ma pâtée contre la tienne ; je n'ai même plus assez de poudre pour faire tirer les salves, le jour de ma fête.

— Et moi, dit le Chat, je fais mes visites à pied.

— Chat, je vais te reconduire dans mon carrosse et nous passerons par les domaines de ton maître. »

⁂

« Sieds-toi à ma droite, dit le roi, et causons sérieusement. Tu es trop humain...

— Ah ! Sire, quel horrible mot ! De même que le plus sec des siècles, le XVIIIe, inventa le mot de « sensibilité », de même le plus concentrationnaire des âges, le nôtre, met à toutes les sauces ce mot « humain ».

— Disons alors que tu es trop chat pour ne pas voir que, malgré tout, un roi, même un pauvre roi de la fève comme moi, suffit encore à étonner les lecteurs des quotidiens. Si ma fille était mariée richement, je mourrais sans regrets, et sur l'heure. »

Le pays qu'ils traversaient était un beau pays, en pleine fauchaison. Les hommes dessinaient, d'un geste aisé, des andains qui formaient de si beaux croissants que le roi n'eût jamais deviné qu'il faut de savants efforts pour trancher l'herbe. L'air embaumait cette odeur de trèfle rose qui s'associe si bien au bruit de la pierre à aiguiser et à celui des petits coups de marteau sur le bec des faulx, épointé par les cailloux.

« Ces prés, à eux seuls, doivent fournir à Carabas un fameux revenu ? dit le roi.

— Ils n'appartiennent plus à mon maître, hélas !

— Comment ? J'ai toujours entendu dire...

— Une coopérative agricole, profitant d'une de vos lois sur l'absentéisme, Sire, a mis la main dessus.

— J'ai cédé à l'opinion », dit le roi, confus.

Il fallut deux heures au carrosse lancé au galop de six chevaux pour arriver au milieu des blés. Sous les granges, les batteuses haletaient et ronronnaient plus fort que Gaston ; le grain jaillissait des épis en un fleuve plus torrentiel et plus jaune que le fleuve Jaune lui-même, à sa sortie de Changaï.

« Ici, que diable, nous sommes bien chez Carabas ?

— Erreur, Majesté.

— Tu te moques ! Chaque fois que mon arrière-grand-père passait devant ces gerbes, tu disais avec orgueil, et même s'il ne t'interrogeait pas : « Ces blés appartiennent à mon « maître, le marquis de Carabas. » Nous nous transmettions tes paroles, de père en fils. Chat, tu perds la mémoire !

— Non seulement ces champs ne nous rapportent rien, mais ils nous dépouillent... la concurrence des blés d'Argentine... Mon maître a préféré les abandonner aux fermiers, vu cet exorbitant droit de préemption que votre gouvernement leur a accordé. »

Une heure plus tard le carrosse s'arrêta devant des usines frigorifiques, hautes comme la Ritz Tower entassée sur le Rockfeller Building.

« Je pressens la question que Votre Majesté va me poser, dit le Chat, et je prends les devants. Non, ces bâtiments n'enrichissent pas mon jeune duc, car depuis trois mois, une grève les immobilise.

— Chat, dit sévèrement le roi, ce que tu prétends me raconter là, c'est « la Belle au Bois dormant ».

Après un temps fort long, des laquais poudrés et rutilants comme on n'en voit plus qu'à la porte des cinémas d'Hollywood, un jour de gala, déplièrent le marchepied du carrosse royal devant une banque dont le nom suisse rassurait.

« Ces kilomètres de coffres blindés contiennent bien les trésors Carabas, hein ?

— Oui, fit le Chat.

— Ah ! cette fois, tu ne dis plus non !

— Je dis que ces coffres sont « bloqués », fit le Chat.

— Bloqués ?

— Eh oui, Sire ! « bloqués », c'est le mot

qu'aujourd'hui les Etats emploient pour dire « volés ». Sur ces coffres, il y a mille oppositions à la succession. Le ministre des Finances y a mis les scellés pour son compte, coupant ainsi l'herbe sous le pied à son collègue, le garde des Sceaux. »

Le roi regarda le Chat : ses bottes étaient trouées ; le pourpoint béait comme sous François Ier, tailladé non plus par la mode, mais par l'usure. Il disait donc vrai, l'animal !

« A t'entendre, Carabas est ruiné ?

— Parfaitement, et comme gendre il serait ruineux. Je prends la liberté de vous le déconseiller formellement.

— A qui marierai-je donc ma fille ? gémit le roi.

— Mais, Sire... au plombier, à n'importe quel instituteur, mais non dans le prolétariat des ducs et autres tondus. Que ne la donnez-vous à un fonctionnaire ? Elle sera du moins sûre d'avoir toujours sa voiture. Carabas et moi, nous sommes absolument raides.

— Raides ? dit le roi.

— Oui, dit le Chat : il ne nous reste que pouic.

— Pouic ? répéta le roi.

— Fauchés, dit le Chat, si Votre Majesté préfère.

— Moins que moi », soupira le monarque.

*
* *

Le Chat s'enfonça dans une grande et noire forêt : parvenu à la lisière, il s'arrêta devant un château immense, très tape-à-l'œil. Au-dessus du pont-levis, se lisaient en lettres d'or de cinq pieds de haut, ces mots menaçants : *Administration des Finances.* La porte était un étroit guichet, plus fait pour aspirer les visiteurs que pour les accueillir ; ce guichet, orné d'un verre dépoli, obligeait les gens à se baisser, en posture de suppliants, pour parler à la Voix rèche, désagréable et impérieuse, qui répondait de l'intérieur, quand elle le daignait.

Le Chat, qui prenait le guichet pour une chattière, ne s'émut pas pour si peu et, d'un léger bond, entra dans le château. Là, il se trouva en présence d'un géant énorme, coiffé d'une casquette sur laquelle s'inscrivaient les mots : *Perception du royaume.*

« Tu viens payer tes contributions ? tonna l'Ogre, car c'était lui.

— Je viens de la part de mon maître, le duc de Carabas, demander à Votre Corpulence un délai...

— Un délai ! rugit l'Ogre. Le bifteck n'attend pas !

— Excellence, payer rubis sur l'ongle n'est pas au pouvoir de tous les hommes et...

— Les hommes, qu'est-ce que c'est que cela ? Ici, nous ne connaissons que des contribuables ! »

Et, disant ces mots, l'Ogre sauta sur le Chat pour le manger.

« Soyez sérieux, Ogre, s'écria le Chat. Ce n'est pas un chat n'ayant sur les os que la peau, une misérable peau dont un apothicaire ne voudrait pas contre les douleurs, qui va vous permettre de déjeuner. Pour tromper votre faim, que ne prenez-vous, ô Maître des métamorphoses, la forme du plus sobre des animaux, le chameau ?

— Pourquoi pas ? » fit l'Ogre, très fier de ses transformations qui étonnaient la société lorsqu'il apparaissait, comme Fregoli, sous mille aspects divers, aux mariages, aux premières communions.

Et, incontinent, il se changea en chameau.

« Chameau ! » s'écria le Chat.

Mais l'Ogre encaissa l'injure ; peut-être, étant stupide, ne la comprit-il pas.

« Quel mérite à vous faire chameau, gros comme vous l'êtes ! dit le Chat, mais je vous voie un peu en souris.

— Qui peut le plus peut le moins », répliqua fièrement l'Ogre. Et, en même temps, il se changea en une souris qui se mit à courir sur le plancher.

« On n'est pas bête comme ça ! » fit le Chat qui sauta sur l'Ogre réduit à ce petit format, et le dévora ; la queue de sa victime lui sortait par la gueule et semblait une moustache de plus. Mais à peine descendu dans l'estomac, l'Ogre se remua tellement que le Chat, lui trouvant un goût affreux, le vomit.

L'Ogre reprit sa taille normale si vite que le Chat n'eut que le temps de s'enfuir, poursuivi par ce cri triomphant de l'Ogre :

« Apprends, Chat, que je suis immortel, car mon nom est : le Fisc ! »

*
**

Les souverains ne sont jamais si à court qu'ils le disent, mais d'illustres précédents, celui de Philippe II qui n'eut pas de quoi se faire enterrer, celui de la Maintenon reprisant les bas de Louis XIV, celui de Louis XVIII cuisant sa côtelette à Coblence, sont toujours vivants dans leur mémoire craintive ; d'où leur ladrerie.

Ce souci de voir l'héritière du trône richement mariée n'était pas partagé par la princesse ; agrégée d'existentialisme, elle aimait la pauvreté, chaussait des sandales d'apôtre et déjeunait d'un hareng saur.

Ce jour-là, pendant que son père roulait carrosse avec le Chat, elle se promenait sous les ombrages du parc. Soudain, elle aperçut, sommeillant au pied d'un chêne, un individu minable.

« Brave homme, dit-elle, tu as de la chance d'avoir été trouvé par moi et non par un garde ; ignores-tu que l'entrée du parc est interdite aux mendiants ? File vite, sinon tu seras pendu. »

Amusé d'être pris pour un clochard, le duc, car c'était lui, leva les yeux et demeura ébloui. De sa vie, il n'avait rien vu d'aussi beau que la jeune fille.

Il courut à toutes jambes rejoindre le Chat.

« Vieux Gaston, dit-il, j'épouserai la princesse !

— Snobisme ! s'écria le Chat, consterné.

— Moi, snob ? Et toi, alors, quand tu t'introduisis jadis à la cour en te vantant d'être le chat du marquis ! »

*
**

Cependant, le roi était rentré au palais. Renseigné par l'œil électronique des espions royaux, il sut qu'il avait été dupé par le Chat et fit appeler la princesse.

« Ma fille, dit-il, je vais vous marier au duc de Carabas, qui est bel et bien l'homme le plus riche de mon royaume.

— Mon père, répliqua la princesse, je n'épouserai que l'homme le plus pauvre de ces lieux. »

Incontinent, elle partit à la recherche du mendiant ; elle le trouva, le nez entre les grilles du parc.

« Gueux, dit-elle, veux-tu te marier avec moi ? »

Et, prenant par la main le duc, muet de joie, elle l'entraîna jusqu'aux pieds du roi. Le monarque avait reconnu Carabas. Charmé des bonnes qualités de M. le duc de Carabas, de même que sa fille, qui en était folle, et voyant les grands biens qu'il possédait, il lui dit, après avoir bu cinq ou six coups :

« Il ne tiendra qu'à vous, monsieur le duc, que vous ne soyez mon gendre. »

Les noces eurent lieu au milieu des salves et des carillons.

Seul, le Chat ronronnait et se passait la patte sur l'oreille, sentant venir l'orage.

Dépouillés de leurs biens par l'Ogre et

devenus prolétaires, les Carabas eurent beaucoup d'enfants et moururent hospitalisés.

Le Chat ne mourut pas : on peut le voir au musée Grévin, couché en rond dans la couronne ducale des Carabas.

TABLE

ŒUVRES DE PAUL MORAND

POÈMES (*Au Sans Pareil*), 1914-1925.
TENDRES STOCKS (*N. R. F.*), 1921.
OUVERT LA NUIT (*N. R. F.*), 1922.
FERMÉ LA NUIT (*N. R. F.*), 1923.
LEWIS ET IRÈNE (*B. Grasset*), 1924.
FLÈCHE D'ORIENT (*N. R. F.*), 1932.
ROCOCO (*B. Grasset*), 1933.
FRANCE-LA DOULCE (*N. R. F.*), 1933.
LES EXTRAVAGANTS. Milady. (*N. R. F.*), 1936.
I. L'EUROPE GALANTE (Europe) (*B. Grasset*), 1926.
II. BOUDDHA VIVANT (Asie) (*B. Grasset*), 1927.
III. MAGIE NOIRE (Afrique) (*B. Grasset*), 1928.
IV. CHAMPIONS DU MONDE (Amérique) (*B. Grasset*), 1934.
I. NEW YORK (*Flammarion*), 1929.
II. LONDRES (*Plon*), 1933.
III. BUCAREST (*Plon*), 1935.
IV. AIR INDIEN (*B. Grasset*), 1932.
V. LA ROUTE DES INDES (*Plon*), 1935.
RIEN QUE LA TERRE (*B. Grasset*), 1926.
LE VOYAGE (*Hachette*), 1927.
HIVER CARAÏBE (*Flammarion*), 1929.
PARIS-TOMBOUCTOU (*Flammarion*), 1929.
MÉDITERRANÉE (*Mame*), 1938.
MIL NEUF CENT (*Flammarion*), 1931.
PAPIERS D'IDENTITÉ (*B. Grasset*), 1933.
ROND-POINT DES CHAMPS-ÉLYSÉES (*B. Grasset*), 1935.
LE RÉVEILLE-MATIN (*B. Grasset*), 1936.
L'HEURE QU'IL EST (*B. Grasset*), 1936.
RÉFLEXES ET RÉFLEXIONS (*B. Grasset*), 1939.
CHRONIQUE DE L'HOMME MAIGRE (*B. Grasset*), 1941.
ISABEAU DE BAVIÈRE (*Éditions de France*), 1938.
PETIT THÉATRE (*Grasset*), 1943.
GUY DE MAUPASSANT, essai (*Flammarion*), 1943.
FEU M. LE DUC. Nouvelles (*Éditions du Milieu du Monde*), Genève, 1942.
PROPOS DES 52 SEMAINES. Chroniques (*Éditions du Milieu du Monde*), Genève, 1943.
A LA FLEUR D'ORANGER. Nouvelles (*Éditions de la Table Ronde*), Vevey, 1945.
A LA FLEUR D'ORANGER. Le bazar de la Charité. Nouvelles (*Éditions de la Table Ronde*), Paris, 1948.
MONTOCIEL, RAJAH AUX GRANDES-INDES. Roman (*Éditions du Cheval ailé*), Genève, 1947, et (*Flammarion*), Paris.
LE DERNIER JOUR DE L'INQUISITION. Nouvelles (*Éditions de la Table Ronde*), Vevey, 1947, et Paris.
GIRAUDOUX, NOTRE JEUNESSE (1906-1916). Souvenirs (*La Palatine*), Genève, 1948, et (*Plon*), Paris.
JOURNAL D'UN ATTACHÉ D'AMBASSADE. Souvenirs (*Éditions de la Table Ronde*), Vevey, 1948, et Paris, 1949.
LE VISITEUR DU SOIR. MARCEL PROUST (*Plon*), Paris, 1949.
L'EUROPE RUSSE ANNONCÉE PAR DOSTOÏEVSKY (*Tous les livres*), Paris, 1950.

Paul Morand

L'Europe galante 4904

Quelques lignes légères où se discerne soudain un trait plus accentué qui cerne un détail et donne du mordant au croquis, c'est ainsi que pourrait se définir le talent de Paul Morand. Il décrit d'une plume preste la société mondaine, sa contemporaine : celle des années dites folles, entre 1920 et 1925. Une société décadente qui se grise de plaisirs, où l'amour est presque toujours roi.

Les femmes tiennent la vedette dans la plupart des récits — quatorze au total — réunis sous le titre *L'Europe galante.* Il n'y a que *Nicu Petresco,* le paysan du Danube, pour s'intéresser plus à un diplôme de philosophie qu'aux distractions sombres et dorées dont se droguent par mode certains riches. Morand ne blâme d'ailleurs que ceux-là. L'humour de *La Croisade des enfants* le démontre et l'on ne peut qu'applaudir au morceau d'ironie qu'est *Je brûle Moscou.*

IMPRIMÉ EN FRANCE PAR BRODARD ET TAUPIN
Usine de La Flèche (Sarthe).
LIBRAIRIE GÉNÉRALE FRANÇAISE - 6, rue Pierre-Sarrazin - 75006 Paris.
ISBN : 2 - 253 - 00032 - 9 30/3839/5